# RÁFAGA DE DESEO
# I, II, III, IV

## Edición Combinada

## Alexandra Iff

*Para Ugnius, un gran colaborador con una gran mente.*


*Gracias.*

# INDICE

# RÁFAGA DE DESEO I

## Alexandra Iff

# CAPÍTULO 1.1

## Punto de vista de James Knight.

Estoy muy enfadada. Ella había decidido volar a Las Vegas y sólo me lo dijo después de aterrizar en McCarran. ¡Uf! Sé que no es uno de nuestros días normales de encuentro, ya que aún no es viernes, pero por Dios, si quiero follarme a mi sumisa el miércoles por la noche, ¡más vale que llegue pronto! En lugar de eso recibo un mensaje de texto diciendo que tiene que estar en el juzgado para la comparecencia de su hermano o alguna mierda así.

No es con ella con quien estoy realmente enfadado; es con este asunto del trabajo, ese maldito contrato de Yoshimoto en el que hemos estado trabajando en los últimos dos meses. Hoy mismo, Wilson del departamento jurídico me ha dicho que van retrasados con los contratos. Me estoy poniendo nervioso otra vez por eso. *Respira, Knight, despacio, inspira, aguanta, suelta...* Esto es jodidamente inútil, lo que realmente quiero hacer es darle una hostia a mi equipo jurídico y luego despedirlos a todos, pero como la violencia contra los empleados está muy mal, especialmente contra un puñado de malditos abogados inútiles, que me demandarían de cinco maneras distintas hasta el domingo, me veo obligado a someter y azotar a mi fiel sumisa Ella, lo que me lleva de nuevo a la otra razón por la que estoy tan frustrantemente enfadado. *¡Ella abandonó el maldito estado!*

Deambulando sin rumbo por mi estudio, intento exprimir al máximo esta pobre pelota de goma antiestrés que me recomendó mi terapeuta. El maldito trasto me está haciendo sentir más frustrado y miserable. Lo que realmente deseo, no, lo que realmente *necesito* es meter a Ella en mi dormitorio y follármela hasta dejarla inconsciente.

«¡Joder!» Lanzo la maldita pelota al otro lado de la habitación. Rebota en la vitrina de trofeos y veo cómo el cristal se agrieta y sus fragmentos se estrellan contra el suelo con un sonido estremecedor. Aprieto los dientes violentamente y sale un largo y silbante flujo de aire. "¡Joder, ahora he hecho un estropicio!". murmuro para mis adentros y me paso ambas manos por el pelo desordenado, un hábito nervioso de mi infancia del que parece que no puedo deshacerme.

La presión en mis pantalones empieza a ser molesta cuando de repente me despierta de mis reflexiones un rápido golpe en la puerta. El jefe de Seguridad entra en la habitación, inspeccionando rápidamente los alrededores con una mirada desconcertada, buscando algún tipo de intruso o cualquier peligro para mi vida o mi bienestar.

Anthony es un buen trabajador, un empleado muy leal y de confianza; es un placer trabajar con él. Es el prototipo del comportamiento profesional, pero ni lo necesito ni quiero verlo ahora, así que le lanzo una mirada molesta, tratando de quitármelo de encima. Al ver que no hay peligro visible, cuadra los hombros y se endereza con un atisbo de interrogación en el rostro.

«Señor, ¿está todo bien? Le diré a Stephanie que limpie esto». Relajo los músculos de mi cara hasta adoptar una expresión neutra y le hago un gesto para que se vaya.

«Está bien, Anthony, no es necesario, ella puede limpiarlo más tarde».

«Muy bien, señor». Tras lo cual gira sobre sus talones y se marcha, cerrando la puerta al salir.

Me hundo en el cómodo sillón de cuero de mi escritorio y cojo la carpeta que tengo sobre mi frustrante sumisa. Mis ojos vuelven a deslizarse sobre sus detalles y se detienen en su foto. Físicamente es perfecta, tal y como me gustan, complexión delgada, ojos azules centelleantes, pelo largo y brillante de ébano… ¡argh! Sólo de pensar en ella arrodillándose obedientemente ante mí y llevándose todo mi cuerpo a la boca, mi polla se enciende. La tensión de mis pantalones se está volviendo incómoda y necesito ajustarme la cremallera. Ahora mismo, cualquier tipo de contacto con mi dura y dolorida polla me resulta agradable, tal vez debería…

«¡Maldita sea!» Una maldición se escapa a través de mis dientes apretados, resonando en el vasto espacio vacío de mi despacho en casa. No voy a masturbarme como un adolescente cachondo mientras fantaseo con follarme a mi desagradecida sumisa. Y otra cosa, la fantasía tristemente está mal, pero mejor que la realidad, porque Ella tiene un reflejo de atragantamiento horrible; se atraganta y luego babea por todo el suelo del dormitorio en un ataque de tos cada vez que le doy en la parte posterior de la garganta. Una vez casi me arranca la polla de un mordisco; las habilidades con el sexo oral no son realmente su fuerte. Es como si estuviera fantaseando con otra persona completamente distinta y se me pusiera dura de cojones al pensar en follarme la boca de esta mujer misteriosa que puede soportar plenamente mis veinte centímetros de carne.

Mi médico me sugirió esta nueva forma de terapia en la que escribo lo que siento en un papel para poder analizarlo más tarde en una de nuestras sesiones. Excepto que lo que siento ahora mismo es un maldito calentón y lo que necesito es a mi sumisa, aquí en mi casa, a cuatro patas, atada con correas al banco de azotes, indefensa y empapada para que la azote y me la folle.

¡Joder! Tal vez debería escribir un correo electrónico extravagante a la señorita Robbers describiendo todas las cosas pervertidas que voy a hacerle cuando llegue. Luego me daré una ducha fría y quizá vaya a echar unas rondas de kickboxing con Anthony en el gimnasio de abajo. No he conocido mejor sparring que mi jefe de Seguridad.

Abro mi portátil, me conecto a mi cuenta personal de correo electrónico y empiezo a redactar el e-mail, tratando de deshacerme de alguna manera de toda esta energía sexual reprimida que estoy sintiendo ahora; después, espero poder realizar algo de trabajo de verdad.

***

Para: E Roberts

Asunto: Frustración

De: J Knight

Fecha: 01/23 22:14

Querida Ella,

No tienes ni idea de lo frustrado que me haces sentir porque no estás disponible para follar esta noche. He tenido algunas reuniones estresantes esta mañana y todo lo que quiero hacer es simplemente perderme en tu jodido coño mojado y follarte duro hasta el olvido.

Estoy tan malditamente empalmado ahora mismo, pensando en follarme tu boquita caliente y correrme en toda tu carita encantadora. Que en lugar de eso hayas decidido irte de la ciudad sin avisar, dejándome más duro que una piedra y sintiéndome frustrado, bueno, creo que te has ganado un castigo.

Cuando te vea, lo primero que voy a hacer es enrollar mis dedos en tu pelo y llevarte hasta el centro de la habitación, obligándote a arrodillarte, y luego colocaré tu cuerpo sobre el banco de azotes de cuero acolchado.

Te esposaré los tobillos con las correas de cuero a las patas del banco y te colocaré una barra separadora justo por encima de las rodillas para que tu coño empapado quede bien abierto para mí.

Quiero tus manos detrás del cuello, donde esposaré tus muñecas con unas esposas metálicas.

De mi cofre de juguetes sacaré tu juguete favorito, el plug anal, y te apartaré las bragas a un lado, luego pasaré mi mano cubierta de lubricante hacia arriba por el vértice de tus muslos, rozando tus pliegues empapados, yendo hasta tu dulce y fruncido culo y lo lubricaré bien. Oh, nena, sé que hace frío… aquí, chúpalo, haz que se humedezca y se caliente, sabes que irá directo a tu culo.

Me gustaría que ahora te abrieras de par en par y te relajaras para mí. Oh siiiiiiii….Ahí lo tienes. Eres una niña tan buena, Ella.

Veinte pestañas con las nueve colas a lo largo de tu espalda, culo y muslos harán que sean de mi tonalidad rosa favorita y quiero oírte maullar y ronronear de placer al recibirlo. Y tu piel toda rosada y cálida, el color que te sienta tan bien.

Y cuando llegue el momento, te quitaré las bragas empapadas, probablemente las arrancaré por la mitad de tu cálido culo sonrosado y luego hundiré dos de mis dedos en tu coño chorreante, haciéndolos girar, metiéndolos profundamente dentro de ti, acariciando tus vibrantes paredes internas, dilatándote, haciéndote suplicar que te folle ya.

Finalmente, bajaré la cremallera de mis vaqueros rotos y sacaré mi polla, clavándola directamente en tu coño palpitante, sujetándote por la coleta y follándote con frenesí. Ah, puedo sentir cómo llegas al clímax a mi alrededor, cómo tus paredes se contraen con los espasmos, pero aún no he terminado, quiero follarte un poco más hasta que te corras, gritando y temblando por segunda vez. Joder, ahh, puedo sentir cómo tu coño aprieta mi polla con fuerza por todas partes y me arrastras hacia un orgasmo estremecedor junto contigo. Retiro el plug anal y sigo sintiendo tus paredes internas palpitantes; todo tu cuerpo se estremece, echando de menos la plenitud del plug. Vuelves a latir de forma irregular, masajeando mi polla entre tus pliegues, masajeándola mientras cabalgas otra espiral orgásmica de placer anal.

Ella, prepárate, te dolerá.

Atentamente,

J Knight

***

Bueno… esto sí que me ha ayudado. ¡Pulso el botón de enviar y decido volver a leer mi email cuando me doy cuenta horrorizado de la maldita autocorrección que hizo el ordenador por su cuenta!

*¡Es Robbers, no Roberts!*

## Punto de vista de Eva Roberts.

Sentada en mi escritorio con mi segunda taza de café esta mañana, echo un vistazo a mis emails y suspiro. Creo que nunca llegaré a ocuparme de ellos. No paran de llegar. Nunca paran. Mi único momento de tranquilidad en este ajetreado entorno es poder tener mis emails personales abiertos en el navegador secundario para no perderme ningún cotilleo. Como cualquier otro día, abro un nuevo navegador y me conecto a mis emails antes de minimizar la pantalla y ponerme a trabajar en un proyecto que me ocupará la mayor parte de la mañana.

*¿Quién narices es J. Knight?*

Hay un email de alguien que no conozco. Lo abro y empiezo a leer. ¡Oh, vaya! Definitivamente, no va dirigido a mí. Alguien llamada Ella... oh... Aparto la cara de la pantalla del ordenador. Sé que acabo de ponerme colorada. ¿Debo seguir leyendo? Para cuando mi mente toma la decisión ya estoy repasando rápidamente el email.

Realmente lo está recibiendo de él. Lo que daría por ser follada por alguien… tan duro como él se la está follando a ella podría decir. Hace casi un año que no tengo una relación. Sé que no debería, pero siento que le debo a mi cuerpo leer este email hasta el final.

Sigo leyendo y soy consciente de que me tiembla el labio inferior al tenerlo entre los dientes. *¿Qué estoy haciendo?* ¡No me muerdo el labio! Este email… oh… ciertamente me está poniendo los pelos de punta.

¿Quizás alguien lo envió como una broma? Miro a mi alrededor en la oficina pero todo el mundo está a lo suyo. Está claro que a J. Knight le va el BDSM. No es lo que más me gusta, pero vaya, ¿de esto se trata? Por lo que dice, aceptaré todo menos los azotes.

*¡Deja de escuchar a tu cuerpo tan necesitado, Eva!* Mi mente siempre está aquí para despertarme.

Intencionadamente minimizo la pantalla de Gmail y me centro en… mis emails de trabajo. ¿Mi respiración se vuelve entrecortada? ¡Argh! Coloco las manos en el borde del escritorio y me empujo. La silla en la que estoy sentada se desliza hacia atrás sobre sus ruedas y yo giro sobre mí misma, deteniéndome justo al lado de la ventana, mirando al exterior. Necesito sexo. Realmente lo necesito.

He tenido un año muy seco y esto es lo más cerca que he estado de follar. Vale, de mojarme. Pero bien mojada. Temiblemente húmedo. ¿Debería devolverle el email? ¿Tengo tanto coraje? No. Sé que no soy así.

Vuelvo a mi escritorio e ignoro las miradas de mis compañeros. Ya me han visto hacer esto antes. No es para tanto.

Voy a leer el email otra vez. Mm....golpeándome con fuerza hasta el olvido, mmm... tick, mi coño chorreante abierto para él... tick, lubricando mi coñito rosita ... mmm... tick, aunque no creo que necesite lubricación alguna. Escuchándome ronronear de placer...tick, arrancándome las bragas...tick, hundiendo los dedos en mi coño chorreante y girando....mm...empujando profundamente dentro...haciéndome suplicar...tick. Follándome con abandono...tick, mi cuerpo temblando por el orgasmo...tick. ¡Ay! Acabo de sentir palpitaciones en mi...oh esto no es bueno, Eva, nada bueno.

Vale, piensa. *¡Piensa!* Él no me conoce y yo no le conozco. No me importa. Le contestaré. Si no puedo tener sexo en la vida real estoy segura que podré acercarme de esta manera.

***

Para: J Knight

Asunto: Re: Frustración

De: E Roberts

Fecha: 01/24 9:43


Estimado Sr. Knight

Me ha gustado leer tu email y creo que debo aportar mis comentarios al mismo.

Para empezar, mi nombre no es Ella. Lo siento.

Es Srta. Roberts, y necesito que me follen tanto como tú quieres follarme a mí.

Normalmente no soy tan valiente. De hecho, si me describiera diría que soy alguien callada, tímida, que siempre se deja llevar por los demás y que prefiere obedecer a defenderse. Pero como no me conoces, ni yo a ti, mejor te lo cuento.

¿Cómo sabías que tengo el pelo recogido en una coleta, listo para ti, que me esperas para tirar de él y llevarme al banco de los azotes? Aún no he visto ninguno, pero estoy segura de que estarás más que encantado de presentármelo. A estas alturas... cualquier banco me vale.

En cuanto a los plugs anales, debo ser sincera, me encantan. Estar agachada sin bragas, abierta para ti… por favor, fóllame de una vez. Mis pliegues empapados no pueden aguantar más. He tenido tantos fogonazos en la ingle que he perdido la cuenta. Te gusta que ronronee, ¿verdad? Sólo tienes que girar el plug anal dentro de mí y oirás hablar de los lugares con los que sólo sueño…

¿Qué te parece esto? Con la polla fuera, te corres delante de mí y directamente en mi boca, clavándomela hasta el fondo de la garganta. Me relamo sobre ti, saboreando nuestros fluidos y, ah, me encanta. Enredas tus dedos en mi pelo, tomando el control y me empujas más fuerte y más profundamente sobre ti. Eso es exactamente lo que me gusta. Tu polla en mi boca. Dura. Gruesa. Necesitada. Vuelvo a oír tus gemidos y sé que te estás corriendo. Con un último gemido la sacas y chorreas tu vida por toda mi cara. Joder… ¡Me encanta!

Creo que te he complacido.

Es tu turno ahora.

E. Roberts

***

Qué traviesa soy. Me pregunto qué pensará él de este email.

# CAPÍTULO 1.2

## Punto de vista de James Knight.

Me siento en mi escritorio, en mi espacioso y ventilado despacho de la última planta de Knight House, y miro fijamente por las ventanas de cristal que van del suelo al techo. Inmerso en mis propios pensamientos, mi mirada recorre los tejados de unos rascacielos lejanos. De repente me despierta de mis contemplaciones el pitido de mi portátil alertándome de que tengo un nuevo email. Espero que sean noticias de nuestro director de informática, Thomas; le pedí que investigara la dirección de email a la que anoche envié accidentalmente la carta erótica destinada a Ella. Hasta ahora no ha tenido suerte entrando en esa cuenta de email y borrando la estúpida carta.

*¿En qué coño estabas pensando, Knight?*
*Oh, es verdad, dejaste que tu polla pensara por ti...*

¿Quién coño iba a saber que entrar en los servidores de Google sería más difícil que robar secretos del gobierno del puto Pentágono? Parece que es una tarea difícil incluso para uno de los mejores empollones informáticos como Thomas. Por otro lado, Google tiene más frikis informáticos de los que cabrían en todo un festival de frikis de la Comic-Con. Probablemente debería mirar de comprar algo más de sus acciones.

Miro el email y me quedo boquiabierto durante una fracción de segundo. *¿Qué coño pasa?* A quienquiera que le haya enviado la carta, me ha contestado. *Esto va a ser interesante… bueno, echemos un vistazo entonces, ¿no?*

Hago clic en el mensaje que está en mi bandeja de entrada y, por alguna extraña razón, contengo la respiración con nerviosismo.

Leo las últimas líneas de la carta y las palabras resuenan en mis oídos… *Te he complacido.* Sólo ahora me doy cuenta de que prácticamente estoy jadeando, mis respiraciones llegan en breves resoplidos poco profundos, y mi polla está palpitando en mis pantalones. Casi tengo miedo de mover un músculo, porque podría correrme en los pantalones… *¿Qué coño ha sido eso? Contrólate, Knight, estás actuando como un adolescente cachondo y no como el director general de una empresa multimillonaria. Por lo que sabes, esta carta podría ser de alguna adolescente con granos que te está gastando una broma con un grupo de sus amigas riéndose. O podría ser de algún gordo calvo que se hace pasar por una chica y se pasa el día pegado a un* *ordenador en el sótano de su madre, troleando a la gente en Internet.*

*Está bien, estás en espiral, Knight, basta de tonterías, toma el control de esto ahora y enfréntate a ello.*

Voy al email una vez más, y arrastro el ratón sobre el botón de borrar... *Sólo un clic y se acabó, sácatelo de la cabeza y deja que Thomas se ocupe de ello, ¿a qué coño estás esperando, Knight?* **«Es tu turno ahora»** *me está retando, joder. ¿Quién coño eres, señorita Roberts? ¿Y por qué coño me siento tan excitado por esta respuesta? ¿Realmente estoy pensando en hacer esto?* Cierro los ojos y me pellizco ligeramente el tabique de la nariz, mi mano izquierda se desliza bajo la mesa y frota el bulto duro y palpitante de mis pantalones, ajustándolo. *¿Por qué es esto tan erótico? ¿Qué coño me pasa? Así no es como hago las cosas... Yo no juego... bueno... al menos no ese tipo de juegos -virtuales, por Internet, prácticamente anónimos. Me enorgullece enormemente que la gente sepa con quién está tratando y todos me temen. Sólo el nombre de «Knight» tiene un poder inmenso y nadie se atreve a meterse conmigo.*

De acuerdo, señorita Roberts, vamos a jugar a este juego, pero primero tengo que "ajustar" la naturaleza de la tarea de Thomas.

Cojo el teléfono y llamo al departamento de informática. Lanzo mis órdenes a gritos, sin molestarme siquiera en escuchar las palabras amables de la persona que está al otro lado.

«Aquí Knight, póngame con Thomas de inmediato", le gruño a la chica que ha cogido el teléfono.»

«S-seguro Sr. Knight, tan-transfiriendo su llamada enseguida,» puedo oírla exhalar temblorosamente antes de que la llamada vaya al escritorio de Thomas, o a su cueva, como le guste llamarlo.

"Uhh, Sr. Knight, he tenido algunos problemas para traspasar la seguridad. Estoy intentando ponerme en contacto con mi compañero que trabaja allí, pero es arriesgado. Si todo lo demás falla puede que tenga que enviar un desagradable gusano para colapsar todo el servidor. Pero eso podría tener consecuencias muy graves, borrando los emails de miles de personas e infectando un montón de ordenadores... y podría resultar todo en vano porque la mayoría de los emails tienen copias de seguridad automáticas en su sistema. Lo siento mucho, Sr. Knight, estoy haciendo lo que puedo, pero estamos hablando de Google, ellos tienen mejor seguridad que el Pent...", interrumpo su divagación carraspeando y él se detiene en seco, dejando sólo una respiración entrecortada en la línea.

"Relájate, Thomas, no hay necesidad de colapsar los servidores de la mitad de los residentes de Los Ángeles desatando un disparatado virus informático por un estúpido email. Deja eso en segundo plano por ahora, tengo otra tarea para ti ahora».

«Entendido, Sr. Knight, ¿qué quiere que haga?»

«Acabo de recibir una respuesta de esa dirección de email, ¿puede precisar de dónde procede?»

«Bueno, ahora utilizan protocolos IP móviles y eso significa que…» uf… No tengo paciencia para sus balbuceos técnicos.

«Ahórreme los detalles técnicos por ahora y limítese a responder a mi pregunta, ¿puede hacerlo o no?»

«Creo que puedo invertir la señal de vuelta al router y averiguar al menos de qué red procede, posiblemente reducirla a un radio de unas pocas manzanas, sólo deme treinta segundos y le enviaré por email los resultados, señor».

«¡Genial, hazlo!» Cuelgo a Thomas y marco la extensión para Anthony.

«Sr. Knight, ¿en qué puedo ayudarle, señor?», pregunta justo cuando mi email chirría con el mensaje de Thomas. Me meto el teléfono entre el hombro y la mejilla y pulso para abrir el mapa adjunto con una ubicación aproximada marcada en círculo rojo. Qué suerte, la dirección parece ser local, aquí en Los Ángeles. ¿Cuáles son las probabilidades? Por lo que sé podría haber enviado un email a alguien en Uganda o algo así.

«Encuentre a todas las mujeres de apellido Roberts, R-O-B-E-R-T-S, que vivan o trabajen en Los Ángeles, concéntrese en la zona de Beverly Hills / West Hollywood, letra inicial del nombre E. Confeccione una lista y envíemela cuanto antes».

«Entendido, señor; la tendrá en su email en unos minutos».

Mientras espero la lista decido tomar un café. Pulso el botón del interfono y hablo con mi asistente personal.

«¿Me traes una taza de café, Silvia?».

«Enseguida, señor», rápida y eficazmente, mi asistente personal de confianza, Silvia, siempre dispuesta a satisfacer todos mis caprichos. Así es como trabaja todo mi personal, y nunca se oye a nadie quejarse... bueno, no si quieren conservar su trabajo, claro.

Entra en mi despacho poco después con un rápido golpe en la puerta y deja la humeante taza de café sobre mi escritorio, dando un paso atrás, a la espera de cualquier otra tarea. La saludo con la mano.

«Eso es todo, Silvia, gracias».

«Muy bien, Sr. Knight», dice antes de cerrar la puerta al salir. Me limito a asentir con la cabeza.

Estoy a medio café cuando llega a mi bandeja de entrada el email con la lista que le pedí a Anthony. Una lista bastante corta, sólo una persona de apellido Roberts y nombre que empieza por la letra E. Eva Roberts. Trabaja en... bueno, que me cuelguen, sorpresa, sorpresa, trabaja en Encuentros Virtuales Ltd., como una de esas asistentes personales virtuales, 24 años, soltera. Anthony incluso incluyó una foto, qué amable por su parte, hago clic en la foto adjunta y mi polla se crispa en respuesta a la belleza angelical que me devuelve la mirada desde la foto.

*Hostia puta, pelo castaño largo y ondulado, enormes ojos azules brillantes, bonita nariz de botón y la sonrisa más bonita e inocente que he visto nunca. Dios, tengo tantas ganas de follármela que siento que mi polla va a reventar la costura de mis pantalones de traje. Tengo que saberlo todo sobre la pequeña señorita Roberts. ¿Sabe ella que acabo de adquirir Encuentros virtuales Ltd? No, ¿cómo podría? Las noticias sobre el acuerdo siguen bajo secreto hasta dentro de unas semanas y no pienso hacer un anuncio público hasta el cambio oficial de nombre a «Encuentros de Caballeros», dentro de un mes, después de que tome el control total de la empresa. ¿Se ha dado cuenta de quién soy? Argh, necesito saber más sobre ella.*

«Anthony, soy Knight otra vez, consígueme los datos completos de la señorita Roberts, pero hazlo todo en silencio y discretamente. No quiero que salte ninguna alarma por su parte, ¿entendido?»

«Ya he empezado, señor, ¿y alguna vez lo he hecho de otra manera, señor?» Puedo oír una pizca de dolor en su voz. Tiene razón, por supuesto, después de todo este tiempo conoce mis tendencias acosadoras mejor que nadie y ha hecho miles de comprobaciones de antecedentes por mí, siempre con la mayor discreción. ¿Por qué me siento tan nervioso al preguntar por ésta? ¿Qué tiene de diferente?

«Cierto, tienes toda la razón, siento haber dudado de tus métodos. Sólo quiero que seas especialmente atento con esto, una sola copia, impresa, sólo para mis ojos, la quiero en mi escritorio al final del día, ¿puedes hacerlo?»

«Sí, señor, puede contar conmigo».

Cuelgo el teléfono, vuelvo a mi cuenta personal de email y me preparo para responder a la lasciva carta que me escribió la señorita Roberts. *Ok, ¿quieres jugar? Juguemos, señorita Roberts; haré que te excites tanto que habrá que cambiar el cuero de tu silla.* Me río para mis adentros malévolamente y empiezo a escribir mi respuesta.

***

Para: E Roberts

Asunto: Encantado

De: J Knight

Fecha: 01/24 10:55

Estimada Srta. Roberts,

En primer lugar, permíteme disculparme por haberte enviado accidentalmente una carta de contenido tan vulgar y explícito. ¿Dónde están mis modales? Nunca haría cosas tan groseras a una dama sin al menos conocer el nombre e invitarte primero a una agradable cena. Y cualquier diversión en el dormitorio sólo comenzaría tras la firma del contrato en el que ambos especificaríamos claramente todos nuestros límites blandos y duros, lo que se debe y no se debe hacer, lo que nos gusta y lo que no nos gusta. La seguridad y la satisfacción total de ambas partes implicadas son siempre mis máximas prioridades.

Las relaciones en el mundo del BDSM siempre se basan en la confianza y la honestidad absolutas. Supongo que ahí nos hemos saltado algunos pasos… Pero tengo que admitir que estoy gratamente sorprendido por este giro inesperado de los acontecimientos que te ha llevado a recibir la carta destinada a Ella.

Eres una mujer muy valiente, señorita Roberts, por contestar a un email tan explícito y de la forma en que contestaste… Creo que mis pantalones podrían partirse por la mitad.

Me he dado cuenta de tu aversión a los azotes y aplaudo tu iniciativa de sustituirlos por la alternativa de que te folle la boca. Eso me gustaría mucho.

Creo que con entrenamiento y los cuidados adecuados, serías una gran sumisa. Probablemente empezaríamos por algo ligero, como azotes sensuales o ligeros azotes con un látigo de ante suave. No duele en absoluto, sólo crea una maravillosa sensación de hormigueo, llevando la sangre a la superficie de tu piel y convirtiéndola en una gran zona erógena. ¿Quieres imaginarte lo que se siente? Déjame que lo imagine por ti. Y relájate y disfruta del viaje.

Para empezar, en el dormitorio siempre me llamarás Amo porque eso es lo que seré para ti. Otra cosa, estoy seguro de que estás fantástica con unos vaqueros ajustados o un traje pantalón, pero cuando estés conmigo te quiero sólo con faldas o vestidos y tacones. Quiero tener acceso rápido a ti en caso de que decida follarte en cualquiera de las numerosas superficies de mi ático, como mi preciosa mesa de comedor por ejemplo... mmmhmm follarte por detrás, presionando tu hermoso cuerpo contra el cristal de mis ventanas del suelo al techo que dan a las calles de abajo.

Entonces, si te atreves, déjame conducirte al dormitorio, señorita Roberts. 'No te asuste, no te haré daño, estoy aquí sólo para darte placer' me oirás decir mientras las pesadas puertas dobles se cierran tras nosotros.

Me coloco detrás de ti, con tu espalda pegada a mi pecho mientras mis manos suben desde tus muslos, rozando ligeramente el sensible manojo de nervios oculto tras tus bragas, suben por tu vientre, luego más arriba, contando tus costillas, acariciando los carnosos pechos, apretándote los pezones, luego, dándoles un fuerte tirón, deslizo mis manos más arriba, acariciándote la garganta. Cepillo tu pelo a un lado de tu cara mientras el dedo índice de mi mano izquierda se desliza en tu boca, dejando que lo chupes. Mis labios recorren la piel de tu cuello expuesto y atrapo la suave carne del lóbulo de tu oreja entre mis dientes, mordisqueándola suavemente.

Mis manos se posan en tus hombros y luego se deslizan por tus brazos, trabándolos detrás de tu espalda. Y con una brida de plástico de mi bolsillo te sujeto las muñecas. Ahora, señorita Roberts, eres mía.

Te conduzco a la cama y me siento en el borde de ella, tendiéndote sobre mis piernas. Colocando la parte superior de tu cuerpo sobre la cama, puedo sentir cómo se me acelera la respiración por la excitación que me produce saber que voy a azotar tu delicioso y redondo culo. Atrapo tus piernas con una de las mías y entrelazo mi mano izquierda entre tus brazos atados con bridas, manteniéndote firmemente sujeta en tu sitio. Mi mano derecha acaricia tus firmes nalgas y la deslizo en el vértice de tus muslos. Ohh, sí, me encanta la humedad de tus bragas... Tiro de ellas hacia abajo, dejándolas reposar justo por encima de tus rodillas, y luego te acaricio el culo un poco más. Levanto la mano en el aire y la hago descender contra tu mejilla derecha con un delicado movimiento ascendente, y repito lo mismo en la mejilla izquierda, y luego una vez más, golpeando tu coño. Calmo tu piel temblorosa acariciando los lugares que he golpeado, y luego hundo dos de mis dedos en tu coño húmedo.

Podría escucharte gemir todo el día… Repito el ritmo unas cuantas veces más y puedo sentir cómo tu cuerpo se tensa; estás a punto de explotar. Aún no… aguanta; quiero estar dentro de ti cuando te corras. Corto la brida y te pongo boca arriba en medio de la cama. En segundos estoy entre tus piernas, frotando mi polla entre tus labios resbaladizos. Tiro de tus piernas sobre mis hombros y entro en ti de un solo y profundo empujón… tu espalda está fuera de las sedosas sábanas, sólo tu cuello, brazos y hombros tocan la superficie de la cama y yo estoy machacándote con profundos y rápidos empujones acompañados de gruñidos ahogados que salen de entre mis dientes apretados. No pasa mucho tiempo hasta que tus gritos perforan mis oídos y nuestros dos cuerpos tiemblan al unísono. Exhausto, recuesto la cabeza entre tus pechos agitados e intento recuperar mi propio aliento acelerado.

Señorita Roberts, ¿dónde debo enviar el cheque para la limpieza a vapor de tus muebles y la sustitución de tus bragas estropeadas?

Atentamente,

Sr. Knight

***

Pulso el botón de enviar y me recuesto en mi cómodo sillón. A ver qué tiene que decir esta vez.

Casi tengo la mitad de ganas de ordenar a Anthony que me traiga el coche para poder hacer una inspección a fondo de mi recién adquirida empresa, sólo para ver en qué estado se encuentra la señorita Roberts después de leer mi email.

## **Punto de vista de Eva Roberts.**

Estaba concentrada en mi trabajo hasta que recibí ese email hace una hora. Me ha molestado. En el buen sentido. En primer lugar, creo que le contesté demasiado rápido. Debería haberlo consultado con alguien al menos. ¿Por qué tuve que lanzarme? Ahora es demasiado tarde. Soy una empleada respetada en mi empresa y si mi jefa se entera del tipo de lenguaje que utilicé me despediría enseguida. Nadie me ha oído hablar así. Debería centrarme en mi carrera y, en cambio, aquí estoy, respondiendo emails de mal gusto sobre el lado BDSM. *¡Y qué lado tan delicioso es ese!*

Nunca imaginé que me gustarían ese tipo de cosas. Quiero decir, sí, todo esto está muy bien por Internet pero, ¿me comprometería realmente a participar? Definitivamente, no.

Lo que me lleva a mi mayor preocupación. Si de algún modo me rastrean... ¿qué diría? Ya siento la adrenalina disparándose por mi corazón por el miedo a que me pillen.

*Calma, Eva.*

Quizá debería analizar el asunto desde otro punto de vista.

Digamos que recibió mi email y lo leyó. ¿Contestaría? Si es así, ¿entonces está engañando a esa chica... ¿Ella? Debe de ser su novia, ¿no? Un momento, teóricamente, esto no puede interpretarse como engaño porque es vía email...

Correcto. Es oficial. Estoy perdiendo la cabeza. ¿Por qué le respondí al email? Analicemos los hechos. El email era increíblemente sexy. Mhm. Era tan sexy que tuve que ir al baño y limpiarme con un pañuelo. Dos veces. Otro hecho... Hacía tiempo que no follaba bien, así que... en realidad, mi clítoris respondía a ese email más que mi mente. Tercer hecho... uhm... realmente quiero que me devuelva el email. Aceptaré cualquier cosa en este momento para poner en marcha mis fluidos. Hasta que me encuentre un novio. Lo prometo.

Digo la última palabra y miro la pantalla. Mi cuenta de Gmail se está refrescando y un email de ese mismo J. Knight aparece en mi bandeja de entrada.

¡Dios mío! Siento una punzada en las bragas. Estoy muy excitada. Lo abro tan rápido como abrirías un regalo de Navidad que te envía directamente Papá Noel. Echo un vistazo al texto y todo lo que veo es sexo, sexo y más sexo. Y sexo una vez más.

*Bien, respira… siéntate derecha Eva, pasa la silla por debajo del escritorio, pon el teclado frente a ti, la mano derecha sobre el ratón y empieza a leer.*

*¡Despacio!*

*¡Disfrútalo!*

*¡Siéntelo!*

Mmhm…mhm…mhm… Gimo en voz alta, fingiendo leer un email muy importante hasta que…hasta que llego a la parte que es…oh dios…ya no puedo fingir más…esto es…podría decir que hard core. ¿Lo es? Bueno, es sexo. Este tipo es muy bueno. Realmente bueno. Debería ser un escritor de obscenidades.

Sigo leyendo y ah… ¿me estoy poniendo a mil por hora con el email? ¿Es posible que me esté excitando? Ahí están de nuevo mis bragas. Mojadas. No se han secado bien y, de nuevo, noto cómo se empapan. Me encantan mojadas. Me recuerda lo que está por venir.

De acuerdo. Sr. Knight, me has puesto húmeda y necesitada. Vamos a ver cómo te gusta esto.

***

Para: J Knight

Asunto: Buena chica

De: E Roberts

Fecha: 01/24 11:30

Estimado Sr. Knight,

Si estamos haciendo esto, por favor, intenta no presumir de las cosas que puedes o no tener. Me desagradan mucho los hombres que van presumiendo. Deja que tus jugosas palabras hablen por ti, no tus posesiones. De todas formas, no soy la persona adecuada para presumir. No me fijo en tu ático o en lo que tengas. Para lo que importa, si realmente follaras como escribes, el dinero no sería importante en absoluto. Porque lo único que haríamos sería quedarnos en casa y follar como conejos.

Podría ir a una cena contigo, pero desde luego no esperaré que la pagues. Así que, en otras palabras, no me hagas ningún favor. Vamos a centrarnos en el placer.

Me hablas de un contrato. ¿Un contrato? Me interesa saber por qué necesitaría un contrato para jugar contigo. ¿Es un contrato que me permite follarte? ¿O tú a mí? La última vez que lo comprobé éste era un país libre y la gente podía hacer prácticamente lo que quisiera sexualmente. ¿No?

En cuanto a los límites duros y blandos, necesito saber más sobre ello. Ni siquiera estoy segura de qué es eso.

Para ser sincera, comunicarme virtualmente es la única vez que me involucraría en este tipo de juego. El hecho de que estoy muy necesitada no ayuda. No he tenido un buen polvo en casi un año. E incluso entonces no fue tan intenso como yo hubiese querido.

Dices que soy valiente pero no creo que lo sea en absoluto. Estamos haciendo esto por email y estoy segura de que si alguna vez me ves en persona verás lo que realmente soy: una niña tranquila que no ha dicho la palabra «follar» en voz alta… nunca.

Ahora, a la parte del placer. Me alegro de haberle complacido y de habértela puesto dura. Mucho. Tenía que vengarme después de lo que le hiciste a mis bragas.

Has mencionado los azotes, me apuntaría a eso en cualquier momento, creo. Por la forma en que lo dices, haciendo aflorar mi sangre y convirtiendo mi piel en una zona erógena, sólo puedo imaginar lo que se siente.

Ahora mismo, ésta es la imagen que tengo en la cabeza:

Estoy en tacones, llevada por ti a un banco de madera, inclinada sobre el banco y me quitas las bragas. Mi culo se levanta cuando me bajas las bragas, mis aberturas listas y húmedas, empapadas de mis fluidos. Te arrodillas detrás de mí y empiezas a lamerme, tu lengua recorre todos mis pliegues y levantas una de mis rodillas sobre el asiento, abriéndome aún más y dándote acceso a mi totalidad. Continuas con la frenética succión, haciéndome gemir y gemir y... ah... y entonces bajas mi pierna. Siento que tu polla dura sale disparada, la deslizas arriba y abajo por mi hendidura, me das palmadas en el culo, haciéndome esperar a que empieces, todo el tiempo sintiendo el goteo por mis piernas. Estoy abierta y te necesito... vamos... te lo ruego... ya estoy perdida en el momento en que tus dedos se clavan en mis caderas, me sujetan con fuerza y me golpeas tan fuerte, que mis muslos se presionan contra la madera Con cada violenta embestida te introduces más profundamente en mí. Ahh, me estoy corriendo, estallo en mil pedazos y gimo con frenesí, mi entrepierna está ardiendo, tus gruñidos y gemidos me dicen que tú también estás ahí, cerca de tu culmen cuando, de repente, te calmas y gruñes fuerte. Siento cada chorro de tu semen siendo liberado dentro de mí, en lo más profundo de mi interior, alimentando a la bestia que llevo dentro.

Me tiemblan las piernas y pierdo la posición cuando me coges en brazos y me llevas a tu cama. Cansados y sudorosos, con tus brazos envolviéndome, nos quedamos dormidos.

Mmm… Sí. Eso me ha gustado mucho, en muchos sentidos. ¿Fue placentero para ti, amo? ¿He sido una buena chica?

Teniendo en cuenta que puede que te haya puesto caliente y molesto también, y posiblemente mojado con tus propios fluidos más de una vez, no creo que me debas nada. Pero buen intento.

Es tu turno de complacerme, Amo.

E Roberts

***

¡Uy! Ahora voy a cambiarme las bragas. Escribir estos emails me pone jodidamente necesitada, y empapada. *¿Qué me pasa?* Hoy tengo una cita con mi Satisfyer. Está decidido. Mi cuerpo lo necesita y mi alma, ah, mi alma anhela algo más. Algo satisfactorio… tangible.

¿Quién eres, Sr. Knight? ¿Eres mi caballero de brillante armadura? ¿O un príncipe oscuro, cabalgando hacia la oscuridad? Seas quien seas, será mejor que me respondas. Lo necesito. Necesito esto.

# CAPÍTULO 1.3

## Punto de vista de James Knight.

Estoy reclinado en mi silla, mirando por las ventanas de mi oficina y escuchando los hermosos sonidos de los violines que salen de los altavoces de mi escritorio. Estoy escuchando el increíble torrencial de sonidos sinfónicos de la 25ª Sinfonía de Mozart y una batalla similar a la que se libra entre los instrumentos se libra en mi interior. ¿Debo liberar a Ella e intentar persuadir a esta misteriosa criatura que me escribe estos emails salvajemente calientes para que sea mía?

*Oh, ¿qué me está haciendo esta mujer? Esta sexy extraña que quiero poseer por completo...*

A través de la música oigo el pitido que me avisa de un nuevo email y me giro para mirar al ordenador. Ya puedo sentir cómo se me ponen las pelotas coloradas al ver un email de *ella*.

¡Santo cielo! Lo abro y me pongo inmediatamente duro como una piedra; aún no he leído nada guarro, pero en cuanto leo las palabras *«Estimado señor»* mi polla responde al instante.

Hmm, parece que no le ha gustado mi apartamento y ha pensado que estaba alardeando. La verdad no podría estar más lejos... Parece que me he acostumbrado tanto al lujo que todo el dinero que he acumulado son sólo números para mí. Números con muchos, muchos ceros. Puedo perder mil millones de dólares en bolsa y ni siquiera me pondría a sudar. Tal vez alguien perdería su trabajo o le gritarían, pero sé que recuperaría el doble en un santiamén. Supongo que vivir en mi castillo blanco en el cielo durante cuarenta años, aislado del resto del mundo, manteniendo a todos a distancia, me hace olvidar que no todo el mundo vive en áticos de seis millones de dólares que parecen museos de arte, decorados con cuadros y arte, la mayoría de los cuales valen más que el propio apartamento.

Al seguir leyendo, ¿está confundida sobre el contrato? Supongo que debería explicarle lo que significa. Oh, sólo está interesada en hacerlo virtualmente. *Oh no, señorita Roberts, no se escapará tan fácilmente, quiero follarte y quiero follarte duro. Y no me refiero virtualmente....* Sigo leyendo. Hablando de sí misma, confesando ser tímida y tímida en la vida real. ¿Por qué mi polla está a punto de reventar? Ahh joder, no puedo soportarlo más.

Cojo el mando a distancia de la puerta de mi despacho y pulso un botón para cerrarla. Me alegro tanto de haberlo instalado porque no creo que fuera capaz de mantenerme en pie con mi enorme erección ahora mismo para levantarme y cerrar la puerta. Desengancho el teléfono de la oficina de la base para que nadie me moleste. Todas las llamadas pueden ir al buzón de voz; ahora mismo me importa un pepino.

Coloco el soporte para pañuelos en mi escritorio, a mano para cuando lo necesite, y empiezo a desabrocharme y bajarme la cremallera de los pantalones. *Pajearme en la silla de la oficina, mientras estoy en el trabajo… oh, señorita Roberts, haré que te duela el culo, por eso cuando nos veamos, las cosas que me haces hacer con tus sensuales emails…*

**Mientras tanto…**

**Punto de vista de Eva Roberts.**

Mis bragas están mojadas y me siento muy incómoda. No por la sensación que tengo entre los muslos, sino porque me recuerda a ese email. Y cada vez que pienso en ello más de mis fluidos surgen ahí abajo. ¿Por qué he tenido que ponerme falda hoy? Si llevara los pantalones puestos mis muslos no serían conscientes de la vorágine que se está produciendo en mi entrepierna.

Necesito ir al baño y asearme. Cambiarme las bragas. Quitármelas. No sé. Algo.

Me levanto y siento mi pequeño país de las maravillas empapado. Hacía meses que no estaba tan mojado. Es como la sensación que tengo cuando tengo la regla. ¿Tengo la regla? No puede ser. No debería... Bien, al baño de inmediato.

Los baños del personal no son los más lujosos, pero tienen todas las instalaciones necesarias. Incluidas las duchas. Hay cuatro inodoros separados en los baños femeninos, lo que realmente ayuda si necesito cambiarme de ropa... o hacer lo que sea. He oído que Samantha de RRHH tuvo sexo en uno de estos con su novio.

Entro en el baño y me dirijo al inodoro más cercano; son de tamaño normal pero totalmente cerrados, como pequeñas habitaciones. Cierro la puerta tras de mí y me apoyo, levantando mi ajustada falda negra y dejando al descubierto mis medias negras. Me bajo las bragas de encaje hasta la mitad de los muslos y me las miro. No hay ni un punto seco. Están empapadas. *Oh Dios, ¡esto es ridículo!*

Miro a mi alrededor en busca de pañuelos de papel y veo el ultramoderno portarrollos de papel higiénico de acero inoxidable, una sola varilla que sobresale de la pared en un ángulo de noventa grados. Intento sacar el papel higiénico de ahí pero la gran esfera que hay en su extremo, con forma de gruesa protuberancia apuntando hacia fuera, no permite que se deslice; está bien atornillada. Hm. Estoy seguro de que puedo desenroscar esta cosa. Empiezo a enroscarlo y es más fácil de lo que pensaba. La esfera está fuera y también sale el papel higiénico. Vuelvo a enroscar el nudo de la varilla rápidamente y me miro.

Envuelvo el papel alrededor de mi mano y lo deslizo lentamente a lo largo de mi hendidura, hacia abajo; me sumerjo, y hacia arriba.

«Mm.....» esto sienta bien. Mi clítoris palpita y siento que la sensación se intensifica rápidamente. Me toco accidentalmente donde terminan todos mis nervios y gimo ruidosamente.

«Ahhhh...»

Dios mío. ¿Debería...? Mi respiración agitada se hace más intensa. Repito el mismo movimiento una vez más pero esta vez lo hago despacio, disfrutando del tacto, sumergiéndome ligeramente en los surcos de mis agujeros y terminando sobre mi clítoris, girando ligeramente con las caderas.

Debería aliviarme de la locura sexual que llevo dentro. ¿Por qué no lo hago y le envío un email al Sr. Knight al mismo tiempo? Seré una buena chica para él.

Me quito la chaqueta del traje y saco el móvil del bolsillo. Estoy en una misión. Prepararme para masturbarme. Cuelgo la chaqueta en la puerta y al mirar hacia abajo sé que las bragas tendrán que salir. Y así lo hacen. Me desabrocho la camisa blanca y en una preparación similar a la de una película porno, saco mis pechos del sujetador, dándoles un suave tirón, endureciéndolos para mi placer. Mm.... Ahora estoy realmente necesitada.... Estoy desnuda, con mis medias negras y mis tacones de aguja, mi camisa abierta y mis pechos y pezones fuera, lista para jugar un poco. Me veo preparada, joder. Allá voy.

Sujeto mi móvil con una mano mientras con la otra paso suavemente la punta de mis dedos por ahí abajo. Levanto una de mis piernas sobre el asiento del inodoro, de cara a la pared lateral, haciendo que me abra más y casi inmediatamente mis dedos se sumergen dentro de mi tarro de miel empapado, abriéndose con mil sabores del mes. Vaya, me acaba de venir una idea a la cabeza. Doy la vuelta al teléfono, la cámara mirando hacia mí y extendiendo la mano lejos de mí me hago una foto rápida de cuello para abajo. Mi pierna se alza majestuosa sobre el asiento del inodoro, abriéndome de par en par y mi húmedo coño goteante abierto con mis dedos, separando mis empapados pliegues, revelando mi palpitante secreto interior, sólo para él. Adjunto rápidamente la foto al email y empiezo a escribir.

Estoy acostumbrada a escribir los emails con una sola mano y por primera vez veo que esta habilidad mía es muy práctica.

***

Para: J Knight

Asunto: Niña Buena 2

De: Eva Roberts

Fecha: 01/24 11:50

Estimado Sr. Knight,

Al escribirle mi email me he empapado. Mis bragas están irreconocibles.

E hice lo que haría cualquier mujer. Mientras me limpiaba el coño empapado en el baño, he decidido quedarme en este encantador cubículo y jugar al juego hasta el final. ¿Te gustaría que lo hiciera? De momento supongo que sí. Y... no te creerás la posición en la que me encuentro. Sólo para complacerte, amo

Me he quitado las bragas y levantado mi ajustada falda hasta las caderas, dejando al descubierto mis medias y dejando descubierto... todo. Estoy escribiendo este email con una mano mientras la otra está ahí abajo, explorando mi jardín secreto. Ya habrás visto la foto. Me encantan mis dedos ahí abajo, creando estragos nerviosos. Recojo mis fluidos desbordantes del centro y los deslizo sobre mi clítoris, untándolos con un movimiento circular mientras al mismo tiempo mis caderas se mueven de un lado a otro, arriba y abajo y de izquierda a derecha. Sí, esto es realmente bueno, ojalá pudieras verme ahora.

Estoy de cara a la pared lateral, y frente a mí veo una barra, un portarrollos de papel higiénico vacío, que sobresale de la pared en un ángulo de noventa grados. ¡Vaya! Me estoy excitando mientras escribo así que, por favor, ten paciencia conmigo. Me gustaría asegurarme de que ves lo que yo estoy viendo... para que puedas sentirlo ahí abajo, en tus pantalones.

Hay una esfera en el extremo del soporte extendido del váter con forma de protuberancia gruesa apuntando en mi dirección. Me pregunto si debería... Oh dios....si... Me acerco a la protuberancia, mi pierna sigue levantada sobre el asiento del váter y mientras tecleo este email con una mano sujeto el eje con la otra para mantener el equilibrio e intento cabalgar la gran protuberancia esférica. ¡Oh, joder! ¡Sí! No sabía que estaban aquí para follar... oh... mi coño está abierto de par en par, recibiendo la bola ahora caliente dentro de mí, no puedo empujarme sobre ella completamente, ya que está tan cerca de la pared... pero ¡oh cielos! Siento que me estoy follando la pared y empujo, luego giro y vuelvo a empujar, mis fluidos corren por todos lados. Esto es una locura, voy a correrme y necesito una polla, necesito algo dentro de mí...*¡lo sé!* Me doy la vuelta y me inclino hacia delante. Siento que mi abertura se ensancha sola, como una boca húmeda, esperando, necesitando algo duro dentro y lo siento... sí... Empiezo a follarme lentamente la protuberancia esférica, dentro y fuera otra vez, ¡oh Dios mío! Esto es una locura. Me empujo, lo introduzco dentro de mí y lo vuelvo a sacar, cada vez más, mientras froto mi clítoris con las puntas de mis dedos empapados, esparciendo la corrida por todos lados, ah.... toda mojada y llego a mi clímax mientras gimo fuerte, me tiemblan las manos, estoy dando convulsiones, me flaquean las rodillas y tiemblo. Espero que puedas verme, amo, en tu mente. Me estoy corriendo...para ti... ¡alcanzando mi orgasmo yo sola...pero contigo...ah...!

¡Oh Dios mío! ¡Oh Dios mío!

Jadeo y aún convulsiono mientras escribo este email con las manos temblorosas y una gran sonrisa en la cara.

Tuya en el cielo,

Miss Roberts

***

## De vuelta al punto de vista de James.

Oh Dios, la forma en que describes todo me está volviendo loco... Tengo tantas ganas de sentirte a mi alrededor. Quiero atarte y meterme en tu húmedo coño con todas mis fuerzas. Estoy acariciando mi empalmado miembro y preparándome para estallar, subiendo y bajando más rápido. Un nuevo email aparece de repente en mi pantalla y es de nuevo de mi traviesa zorra. Y lo primero que veo es su foto, mostrándome toda su belleza del cuello para abajo... Oh... Dios... mío... No lleva nada más que unas medias negras de seda; su pierna perfecta está majestuosamente posada sobre el asiento del váter, su pie enfundado en un brillante tacón de aguja negro. Su blusa está abierta de par en par y sus rosados pezones están completamente alargados, esperando ser tironeados con fuerza. Oh, joder... En cuanto mis ojos golosos devoran la lasciva imagen de ella no puedo evitar que mi polla estalle como una bomba atómica. Mi polla crispada está disparando mi semen por todo el escritorio y el portátil... No puedo hacer otra cosa que ver cómo mi esperma corre lentamente por la pantalla, justo entre su perfecto conjunto de pechos, mostrados en el monitor en alta definición. *¡Joder! He hecho un* *desastre en mi escritorio. Demasiado para el control, Caballero...*

Me desplomo contra mi silla totalmente derrotado por mi deseo por esta mujer y sintiéndome completamente en paz, saciado. Descanso, calmando mi respiración acelerada y recomponiéndome. Busco los pañuelos y empiezo a limpiarme y a limpiar el desastre que he hecho por todas partes. Tengo que acordarme de decirle a Silvia que se asegure de que la señora de la limpieza friegue bien la zona de mi escritorio y que se asegure de añadir una buena gratificación para ella.

Me acomodo y me deshago de los pañuelos empapados de semen en la basura. Después de conseguir un poco de líquido limpiador de ordenadores para mi pobre portátil maltratado y de limpiar todo rastro de mi caldo de semen de la zona de mi escritorio, leo el resto del email debajo de la foto. Escribe con tanto entusiasmo... joder. Leo el email deliciosamente jugoso que ha enviado desde su teléfono y mi polla se pone rígida de tensión. Tiesa bajo mis pantalones. *¿Otra vez?*

Ya está, ya he tenido bastante, le devolveré el email pero quiero estar allí para ver su reacción cuando lo abra.

***

Para: E Roberts

Asunto: Chica traviesa necesita unos buenos azotes.

De: J Knight

Fecha: 01/24 12:47

Querida Srta. Roberts,

Lamento informarte de que definitivamente tendré que azotar ese precioso culo tuyo y darle a tu precioso y apretado coño una buena y dura paliza. Tu foto tan caliente me ha hecho correrme sobre mi escritorio. Y yo no hago eso. Nunca lo he hecho.

Si realmente quieres complacerme entonces deberías venir aquí y disfrutar de cada gota que te dé. Me chuparás la polla hasta dejarla limpia y, después de que inyecte mi corrida dentro de ti, dejaré que pruebes nuestros fluidos mezclados en mi carnoso rabo. ¿Estás dispuesta?

Atentamente,

Sr. Knight.

***

Pulso enviar y vuelvo a meterme el móvil en el bolsillo. Lo tecleé mientras Anthony me acercaba a Encuentros Virtuales Ltd., y ahora estoy observando disimuladamente la reacción de la señorita Roberts, mientras espero que me traigan unos papeles sobre su informe financiero trimestral del último año; ése es mi pretexto "oficial" para estar aquí.

Bien oculto de su línea de visión directa, elijo una posición desde la que pueda observarla. Mientras lee el email, un tinte sonrosado se extiende por su rostro y se enrojece. Retorciéndose en su asiento, observo cómo se enrojecen sus mejillas y su cuello y cómo su pecho se eleva más deprisa con cada breve respiración que toma. *¿Está excitada de nuevo?* ¡Oh, sí!

~ ~ ~

Final de la Parte Uno

La historia continua en Ráfaga de Deseo II

# RÁFAGA DE DESEO II

## Alexandra Iff

Flash Burn

# CAPÍTULO 2.1

## Punto de vista de James Knight.

Mmm... Puedo ver cómo el rubor se extiende por su bello rostro, y por el bajar y subir de su pecho me doy cuenta de que su respiración se está acelerando. ¡Oh, sí! Mi correo la está afectando bastante. Cierra su portátil y, saliendo de su despacho, se dirige hacia los aseos. Mis ojos siguen el vaivén de sus caderas mientras se pasea por el pasillo, el traqueteo de sus tacones de aguja va directo a mi miembro que se endurece.

Sucede inconscientemente y ni siquiera me doy cuenta. Voy detrás de ella como si tuviera una extraña atracción magnética. *¿Está volviendo para aliviar la sensación palpitante entre sus piernas? ¿Otra vez?*

Desaparece en el baño de mujeres y yo voy más despacio, de repente no estoy seguro de si debo entrar tras ella. Acechar a una mujer hasta el baño, eso podría ser pasarse un poco de la raya. Permanezco un momento allí al lado, considerando mis opciones, y cuando estoy a punto de dar media vuelta y largarme de allí, la puerta se abre de golpe y ella sale corriendo. Tiene las cejas juntas sobre la frente, formando una V muy mona entre los ojos y está mirando su teléfono con el ceño fruncido, sin mirar por dónde va.

Levanta la cabeza en el último segundo, sus ojos azules cristalinos me atraviesan el alma cuando su cuerpecito choca con el mío. Sus brazos se agitan hacia fuera intentando impedir que su cuerpo caiga y un pequeño chillido se entrecorta en su garganta. Mis brazos rodean al instante su esbelta cintura y la arrimo contra mi pecho, abrazándola con fuerza. Puedo sentir la descarga de electricidad que recorre mi cuerpo por tenerla apretada contra mí. *¿Qué…? Casi puedo ver las chispas que vuelan a nuestro alrededor, puedo oír el zumbido, es como si el aire que nos rodea estuviera vibrando, o… ¿es el sonido de los latidos de mi corazón resonando en mis oídos?*

Ni siquiera me doy cuenta de que tiene sus delicadas manos de muñeca apoyadas en mi pecho, sus palmas presionándome. Ni siquiera me he inmutado. Por supuesto, el corazón se me sale del pecho y creo que ella puede sentirlo bajo sus palmas; ambos pechos suben y bajan rápidamente con nuestras pesadas respiraciones. Oh, ella huele divinamente, ¡como un prado de flores primaverales! Quiero deleitarme con su aroma para siempre. Permanecemos congelados durante lo que parece una eternidad, perdidos en los ojos del otro, pero no puede haber sido más que un momento.

De repente, mueve rápidamente sus largas y seductoras pestañas un par de veces y baja la mirada, avergonzada. Veo enrojecer sus mejillas; se está mordiendo con fuerza el labio inferior tratando de ocultar la respiración que se le entrecorta en la garganta, porque está jadeando.

Me doy cuenta entonces de que mi dura erección está clavada justo en su pelvis y ella prácticamente se estremece contra mí intentando no retorcerse en mi abrazo. Suelto mi agarre sobre ella y, murmurando una rápida disculpa, se aleja corriendo unos pasos por delante de mí. Entonces se da la vuelta y me mira, su intensa mirada me retiene en el sitio una vez más antes de salir corriendo. Me quedo sin habla, clavado al suelo, intentando deshacerme del aturdimiento en el que me he metido.

Oh Dios, ¡esta mujer me tiene hechizada! La atracción que ejerce sobre mí es ineludible, más fuerte que la gravedad. Necesito salir de aquí.

Al volver a la zona principal veo a Anthony recogiendo los documentos que le pedí y le hago un gesto con la cabeza mientras me dirijo al exterior.

«Nos vemos en la oficina», le digo y me voy.

Regreso a casa pasadas las dos de la tarde, después de haber despejado la cabeza y haberme detenido a tomar un almuerzo rápido a la vuelta. Al salir del ascensor, Silvia me entrega el sobre que contiene toda la información sobre la señorita Roberts. Anthony lo hizo bien. Sabía que no necesitaría un día entero para conseguirlo. Pido que no me molesten y cierro la puerta con llave, abriendo el sobre con impaciencia de camino a mi escritorio.

Tras leer el informe expulso el aliento que estaba conteniendo y se me dibuja una enorme sonrisa en la cara. Es perfecta. Una ciudadana modelo, es lo que se dice una buena chica. Veinticuatro años, graduada por la UCLA con un promedio de 4,0 y licenciada en Administración de Empresas. Dos semanas después de graduarse encontró un trabajo en Encuentros Virtuales Ltd. con carácter permanente. Sorprendente.

No parece tener ningún vicio perjudicial, como el alcohol, el tabaco o el consumo de drogas; su historial médico parece estar totalmente limpio; y no tiene antecedentes en ninguna de las bases de datos policiales: ni siquiera le han puesto un ticket por exceso de velocidad. Su historial de citas podría rivalizar con el de una monja; parece que sólo ha tenido dos relaciones ligeramente serias y la última terminó hace casi un año. El último tipo con el que

salió fue un médico de urgencias de treinta y dos 
años y antes de eso salió con un golfista profesional.

Coloco la carpeta en mi maletín y saco el 
móvil. Tengo que llamar a Ella.

«Amo… la sesión terminó temprano y estoy 
de compras en el Strip», dice de sopetón, sin saber 
si estoy enfadado con ella por ir a Las Vegas.

«Está bien, Ella. Puedes quedarte en Las 
Vegas si quieres. De todas formas, este fin de 
semana estoy ocupado. Te veré el próximo 
viernes». Necesito más tiempo con la Srta. Roberts.

«¿Estás enfadado conmigo, amo?», se 
asusta.

«No. Sólo estoy ocupado».

Me doy cuenta de que está tratando de 
sofocar sus gritos y siento una pequeña cantidad de 
odio hacia mí mismo por hacer esto, pero quiero 
explorar este sentimiento que tengo cada vez que 
veo un nuevo email de *la señorita Roberts*. Nunca 
me había sentido tan atraído por ninguna mujer 
como por la señorita Roberts, y me asusta un poco, 
pero al mismo tiempo es tan embriagador.

«No llores. Sabes que odio eso. Te veré el 
próximo viernes».

Decido acortar mi jornada laboral y dirigirme a casa, para intentar quitármela de la cabeza.

Mi ático está a poca distancia del trabajo y, una vez allí, me cambio y salgo a correr un poco. Pensé que eso me despejaría la mente, pero al volver más de una hora después, empapado de sudor, sigo ansioso. Lo único que hizo el correr fue crear visiones en mi cabeza de la señorita Roberts en posiciones comprometidas.

Me doy una ducha, una fría para reblandecer mi polla dura que está montando una tienda de campaña en mi traje de correr, pero eso tampoco funciona. Fuera del baño, me dirijo a mi estudio y reflexiono sobre qué hacer. Tengo que ser sincero, trabajar hoy no es factible. No puedo concentrarme en nada.

De hecho… tengo otra idea. Me dirijo a mi dormitorio, le hago unas fotos y luego me hago una foto a mí mismo. Estoy descalzo, sin nada más que mis vaqueros desabrochados, y la foto está tomada de mi pecho hacia abajo, incluyendo mis abdominales.

Vuelvo a mi despacho y abro mi cuenta de Gmail. Adjunto las fotos a un nuevo email y empiezo a escribir.

***

Estimada Srta. Roberts,

Tomo buena nota de tu rechazo al lujo y la opulencia. Pero déjame decirte algo, no tolero la ingratitud. Me ocuparé de todas tus necesidades, como debe hacer un verdadero amo.

En cuanto al contrato, la única razón por la que tendríamos uno es para que ambos sepamos lo que hemos acordado antes de que me pertenezcas oficialmente.

Y en cuanto a querer hacerlo sólo virtualmente, olvídalo. Quiero poseerte. Hacerte sentir toda la intensidad de mi deseo. Hacerte mía por completo…. y te prometo que te encantará cada segundo.

Y, ya que has sido tan amable al proporcionarme una sexy foto tuya desnuda masturbándote, he decidido devolverte el favor. Espero que te ayude a alimentar un poco más tu imaginación.

Ahora, me gustaría continuar donde lo dejamos ….

Sales del cuarto de baño donde acabas de disfrutar montándote en el soporte del papel higiénico y ahí estoy yo, de pie frente a ti. Estoy con mi traje a medida azul oscuro y llevo mi corbata de seda gris italiana.

Te quedas boquiabierta cuando me ves. Tus ojos se clavan en los míos y nos perdemos en el momento, frente a frente, mirándonos en el alma. Te atraigo hacia mi pecho y te arropas en mi abrazo, nuestros cuerpos fusionados con la electricidad zumbando a nuestro alrededor. Puedes sentir mi corazón palpitante bajo tus delicadas palmas y mi polla rígida está encajada en el vértice de tus muslos, casi rozando tu clítoris palpitante.

Nos quedamos así un momento, mirándonos a los ojos, sintiendo el intenso deseo que arde en nuestro interior. Intentas apartarte de mi pecho, pero te sujeto con fuerza contra mí. Mi mano izquierda está apoyada en la parte baja de tu espalda, la otra empieza a deslizarse por tu espalda, enredándose en tu pelo mientras atraigo tu cara hacia la mía.

Veo tu labio increíblemente sexy mientras te lo muerdes y en el momento en que lo sueltas, lo muerdo y lo chupo entre mis labios. Mi lengua lo calma y luego se introduce en tu boca entreabierta. Doy unos pasos hacia delante, empujando tu cuerpo contra la pared cercana con mi peso, inmovilizándote. Mi cuerpo te sujeta y mi lengua explora tu boca. Mis manos encuentran el camino hasta tus pechos y empiezan a amasarlos. Mi boca empieza a viajar hacia abajo, sobre tu garganta y tu cuello, dejando suculentos mordiscos y lametones por toda tu sabrosa carne.

Aprieto mi boca sobre tu pecho cubierto de ropa, mordiendo suavemente el pezón con los dientes. Mis dedos arañan las solapas de tu camisa y la rasgo mientras los botones vuelan en todas direcciones. Tirando de tu sujetador hacia abajo, chupo tus pezones en mi cálida boca, jugando con ellos, mientras mis manos se deslizan hacia el dobladillo de tu falda.

Enganchando los dedos por debajo, tiro de ella hasta que te rodea la cintura. Empiezo a presionar mi erección contra tu entrepierna, recorriendo con mi monstruo con tu palpitante clítoris.

Te sujeto por la cintura y te doy la vuelta, inmovilizando tu frente contra la pared. Te doy unas fuertes palmadas en el culo erguido y te bajo las bragas de un tirón. Se enredan en tus pies y te las quitas.

Desplazo mis labios por tu columna, salpicándola de pellizcos y besos hasta llegar a tu culito perfecto. Me pongo de rodillas y, abriendo tus cachetes, deslizo mis dedos índice y corazón entre tus piernas y profundizo en tu coño empapado y rebosante de tu néctar. Mantengo abierta la nalga con la otra mano y, mientras cabalgas mis dedos envueltos en tus pliegues sedosos, lamo el borde que rodea tu coñito fruncido. Siento cómo se tensan tus músculos internos y te dejo caer una vez sobre el borde antes de volver a ponerme en pie.

Envuelvo con mi lengua los dedos mojados por tu miel líquida y los chupo… mmm estás deliciosa. Aún queda mucho de tu sabrosa bondad y comparto el manjar, deslizando mis dedos en tu boca.

Me desabrocho los pantalones y saco mi polla dura, rozándola contra tus nalgas. Separo tus piernas con la rodilla y clavo tus dos manos en la pared con una de las mías, mi otra mano ayuda a mi polla a entrar en tu trasero. Tomo lentamente tu apretado culo, abriéndome paso en tu interior con suavidad. Empiezo a moverme, empujando mis caderas contra tu dulce y apretado culo, empujándote contra la pared, abriéndote más para mí. Ahh… qué bien sienta. Estoy dentro de ti completamente y ya no hay necesidad de mi mano. Tiro de tu cabeza hacia atrás por el pelo, dándome mejor acceso a tu cuello expuesto.

Me abro paso lamiendo desde la base de tu cuello hasta detrás de tu oreja, llevándome el lóbulo a la boca, mordisqueándolo. Me agarro con fuerza a tu pelo mientras te follo el ojete cada vez más rápido, haciéndote gemir de placer. Alcanzo mi punto álgido y con las últimas embestidas me quedo quieto y disparo mi semen muy dentro de ti.

Ahora espero que hayas sido una buena chica y hayas conseguido leer todo esto sin tocarte ninguna parte de tu anatomía que tan profundamente ansía la atención de tus ágiles dedos.

Atentamente,

Sr. Knight

***

**Punto de vista de Eva Roberts.**

Estoy jodidamente eufórica por mi orgasmo. Alcanzando mi climax en un lugar pequeño y cerrado yo sola. Disfrutando con mis dedos. ¿Qué me está pasando, masturbándome como una ninfómana? Ah… pero es tan placentero. Enviar una foto mía mientras lo hacía fue realmente excitante. Algo que no había hecho antes.

Sonrío mientras me miro. Mi ropa aún está arrugada por haber estado masturbándome. Metiéndome los pechos en el sujetador, abrochándome la camisa, poniéndome las bragas

empapadas, bajándome la falda recta y poniéndome
la chaqueta, nadie sospecharía que acabo de tener
el mejor orgasmo en meses. Podría volver a hacerlo
si tuviera tiempo. Pero estoy segura de que Maya se
estará preguntando dónde estoy. Siempre lo hace.
Me vuelve loca.

Bien. Me reviso una vez más y justo antes de
salir mis ojos miran el portarrollos del inodoro.
¡Oh, mierda!

Realmente tengo que limpiar esa cosa antes
de que alguien la toque. El rollo de papel higiénico
está en la cisterna detrás del asiento del váter y lo
limpio rápidamente con unas hojas de papel. Vale,
ahora puedo irme. Levanto la cabeza y salgo como
si nada hubiera pasado. Menos mal que ahora no
hay nadie.

Salgo del baño y camino por el pasillo hasta
mi mesa. Nadie dice nada. *Uf*. Maya está allí,
despegando la cabeza de la pantalla, mirándome.
Satisfecha, mira hacia atrás, supuestamente
trabajando.

Vuelvo a sentarme en mi escritorio y
resoplo. Me pregunto si al Sr. Knight le habrá
gustado la foto. Seguro que sí. ¡Me estaba
masturbando, joder! ¿Qué hombre no quiere ver
eso?

Empiezo a repasar los interminables hilos de emails de mi bandeja de entrada pero, de algún modo, mi mente se pierde en nuestro mundo virtual. Y en el momento en que mi concentración se desvanece, sé que quiero ver si me ha devuelto el email. Dios, me gusta la sensación que tengo entre las piernas cuando leo sus emails. Me gusta. Es indecente. ¿Quién iba a decir que me afectaría de tal manera?

Abro mi cuenta de Gmail y, junto con algunos otros emails que ahora carecen totalmente de importancia, veo un email suyo. Rápidamente, lo abro y… ¡Dios mío! Se ha hecho una paja. Me alegro, después de lo que me hizo. He estado insaciable toda la mañana, y no afloja. Sólo espero que él también se sienta así.

Sigo leyendo. Mhm. Abofeteando mi precioso culo. Me encantaría. Quiero que me azoten. Necesito que me azoten. Soy una chica tan mala. Decir esas palabras dentro de mi mente me produce ardor en la ingle. Azotes. Ah… otra más. Chica mala, mala… Y otra. Se me levanta el trasero. *¿Qué me pasa?*

Mmm esto suena simplemente delicioso: Darle a mi hermoso y apretado coño una buena y dura paliza. Ah… otro fogonazo. Estoy realmente caliente y excitada de nuevo. *¿Por qué no leo el resto del email en mi móvil?*

Sonrojada, espero que nadie se fije en mí cuando vuelva a ir al baño. Soy una vergüenza para todas las mujeres de veinticuatro años del mundo. En lugar de conseguirlo de la forma normal, como cualquier otra chica, me masturbo en el baño con un email. *¡Un email!* Me odio por esto pero al mismo tiempo me encantan mis dedos. Me pregunto si yo también podría abofetearme. Mm… quiero intentarlo.

Camino bruscamente hacia los aseos y al entrar veo a tres de mis compañeros. Mierda, no creo que pueda hacerlo con ellos aquí. Voy a mi cubículo pero está ocupado. Ahora estoy realmente frustrada. Esto es definitivamente una señal de que debería hacer esto en otro momento. De repente mi móvil vibra, avisándome con un mensaje de texto.

*'Al Sr. Johnson que vive encima de mí se le reventó una tubería y yo tengo una inundación en mi cuarto de baño en este momento. Creo que tú también podrías tenerla ya que vives debajo de mí. David'.*

¡Mierda! ¿De verdad? ¿Ahora? Argh, no puedo creer que tenga que lidiar con esto también. Tengo que irme a casa. Empiezo a contestarle y salgo rápidamente del baño, dirigiéndome a mi escritorio.

Abro la puerta de golpe y… alguien está de pie fuera del baño de mujeres. Levanto la vista del móvil pero es demasiado tarde. Incapaz de contenerme tropiezo con él, rebotando y cayendo hacia atrás hasta quedar atrapada en su abrazo.

Apenas puedo decir nada. Estoy… sin palabras. Los ojos castaños y oscuros me devuelven la mirada, bajo los mechones más oscuros que jamás he visto y yo allí de pie. Acercada a su pecho, sintiendo los latidos de su corazón y… le veo entrar lentamente en mi alma. Yo… estoy perdida. Abrumada… sin gravedad… no sé adónde ir. ¿Cuál es el camino correcto? La sensación es surrealista. Pierdo el oído y siento que mi cuerpo palpita en su dirección, como ondas de radio….

Con la cara bien afeitada y los labios más seductores, ligeramente entreabiertos, me está mirando, abrazándome con fuerza. ¡ay! De repente soy consciente del bulto de sus pantalones. ¿Es eso…? No, no puede ser. Si lo es, ¡es grande! Mi respiración se vuelve superficial y no estoy segura de por qué. Joder, me estoy poniendo roja.

Debo moverme… debo hacerlo. Me alejo de su abrazo, medio disculpándome por no estoy segura de qué… um… oh sí, chocando con él… y me voy. Dios mío. Esto fue desconcertante. Nunca nadie me había dejado tan confusa. Y sin palabras. No ha dicho ni una palabra. Le devuelvo la mirada y sólo está ahí, mirándome. Ojalá hubiera dicho algo.

Me doy la vuelta y entro corriendo en el despacho.

«Tengo que irme a casa, una tubería rota o algo así», digo mientras cojo mi bolso y salgo por la puerta. Estoy segura de que me han oído.

Conduciendo por encima del límite, en poco tiempo llego a mi apartamento. Y mientras el ascensor me lleva a la cuarta planta, rebusco entre los manojos de llaves de mi bolso y por fin encuentro la que busco. En cuanto se abren las puertas, abro bruscamente mi apartamento y entro.

*¿Qué ha dicho David? ¿Dónde está la tubería de agua reventada?*

Voy a ver mis mensajes. Baño. Corriendo veo que no hay nada… bueno, casi nada, sólo una mancha de humedad en el techo. ¿Eh? Esto no es una emergencia. Justo cuando pienso eso, suena el timbre de la puerta y ya sé quién es.

Corriendo atravieso mi apartamento, abro la puerta.

«¡David, hola! ¿Cómo estás?»

Soy educada. Al fin y al cabo, es el vecino amable y dulce que siempre me cuida.

«Eva, ¡hola! ¿Supongo que recibiste mi 
mensaje?», me pregunta al entrar en mi 
apartamento, sin esperar a que le invite a pasar. 
Creo que ya hemos superado esas amabilidades. 
Siempre está aquí para ayudarme a arreglar una 
estantería o a mover un mueble grande. Así que 
dejo la puerta entreabierta, esperando que entre y 
la cierre tras de sí.

«David, no ha sido una gran emergencia. El 
agua apenas ha atravesado el techo».

David me sigue al cuarto de baño y levanta 
la vista mientras da unos pasos, estando ahora 
demasiado cerca de mí.

«Llamaré a la compañía de seguros; ellos lo 
solucionarán», le digo y retrocedo; ha invadido mi 
espacio personal y me resulta incómodo…

«Sí, creo que tienes razón. No entra mucha 
agua en tu piso. Mi techo goteaba. Tardé horas en 
limpiar bien el baño».

Siempre pensé que David era gay, pero a 
veces desprende esa extraña energía de «me gustan 
tanto las chicas» que me resulta difícil tomar una 
decisión sobre él.

«Ah bueno. Gracias por mandarme el 
mensaje. Podría haber sido peor».

«Para eso están los vecinos». Sonríe, pero en el fondo siento que no es el tipo de sonrisa que quiero devolver. Frunzo los labios educadamente, mirando al suelo».

«Gracias David, seguro que estás muy ocupado. Yo también lo estoy. Hablaremos más tarde».

Espero que se vaya. Lo hará. Siempre lo hace.

«Sí, estoy ocupado. Esto de trabajar desde casa no es tan divertido como pensaba».

Le acompaño hasta la puerta y, cerrándola tras él, la cierro echando la llave dos veces. No sé por qué.

El resto del día estoy al teléfono. ¿Quién iba a pensar que hablar con mi compañía de seguros me llevaría cuatro horas? Y después de solucionarlo con ellos, decido sentarme en el sofá con un gran vaso de vino blanco y subo las piernas a la mesita.

«*Ah...por fin.*»

Está oscuro fuera. Casi son las siete. Cierro los ojos y bebo lentamente un sorbo de mi vino, disfrutando de los sabores afrutados del Sauvignon Blanc, mi favorito. Sé que hoy ha habido algo bueno y removiendo en mi cerebro, lo recuerdo. Ah... esos sensuales emails. Haciéndome licuar en corrida en los baños. Y ese hombre. ¿Quién era ese hombre? ¿Por qué tuve que salir corriendo tan rápido? Maya sin duda lo vio. Ella debe saber quién es.

Cojo mi móvil y reviso mis emails. De todas formas, no creo haber leído bien su último email. Y mientras lo hago, veo uno nuevo esperándomc.

Dios mío. ¿Es esta su habitación? Él... está tan en forma. *¿Un six pack?* ¿La gente tiene de esos en la vida real? Está un poco sobrevestido si me lo pregunta. Sí, ciertamente ayuda a mi imaginación, Sr. Knight.

Empiezo a leer y, además de algunos de sus comentarios, a los que sin duda responderé, noto que el ritmo de mi corazón se acelera. ¿Por qué? ¿Cómo...? Traje sastre azul oscuro y corbata de seda gris... eso es lo que llevaba... mirando dentro de nuestras almas... Eso es lo que sentía. Esto es espeluznante. Y había una polla involucrada, definitivamente. Mm... excepto que él no me hizo todas esas cosas apetitosas. Nada de bofetadas, nada de follarme el culo...nada de beso negro, nada de acariciarme los pezones...mm... Habría estado bien. Habría estado muy bien. Sonrío para mis adentros. Aún no me han follado el culo, pero sí que sé hablar. Soy una pequeña señorita traviesa.

Ese email me excita, me moja y no tengo ninguna intención de obedecerle por el momento.

Mi Satisfyer está esperando pacientemente. Y nunca dejo plantada a mi cita.

Pero antes de volver a calentarme debo responder. Hacerle sufrir por mis bragas. Ya las ha estropeado bastantes veces hoy.

***

**Para:** J Knight
**Asunto:** Cita con mi Satisfyer
**De:** E Roberts
**Fecha:** 01/24 7:30 p.m.

Estimado amo,

He decidido repetir algunas cosas ya que parece que aún no las has comprendido. Si estamos juntos en esto, también me escucharás.

Como he dicho antes, es bueno que tengas dinero, pero yo soy una persona independiente. Puedes elegir mimar a tus sumisas pero yo nunca he dicho que vaya a ser tu sumisa. Dije que estoy interesada en follar, no en someterme, aunque no estoy segura de cuál es la diferencia en este momento, porque para follar hay que someterse, ¿no?

Poseerme. No estoy seguro de cómo me sentiría, pero al menos tendrá algo que hacer. Tienes que mostrarme lo que significa.

Límites duros y blandos. Esto, junto con el contrato, tiene que discutirse en persona. Seamos sinceros. ¿Qué pasa si no te gusto? ¿O si no me gustas? ¿Y entonces qué? Sin saber con quién me estoy involucrando, eso está totalmente descartado.

Ahora, lee atentamente… continuaré donde lo dejaste.

Acabo de tener el sexo por el culo más increíble y me ha encantado tu semen por todo el apretado agujero de mi culo. Te apartas, saciado, mirándome pensando, sí, te he enseñado el cielo. Pero, mi mente, gobernada por mi clítoris, ya está en otra cosa. Todavía estoy jodidamente necesitada de un orgasmo.

Miro a lo lejos y veo a mi sensual recepcionista, Vanessa, mirándonos desde detrás del cristal. Nos ha estado observando, empapada en su silla, preparada. Puedo ver que se ha desabrochado la camisa y ha sacado sus pechos del sujetador, tirando de ellos mientras echa la cabeza hacia atrás, gimiendo de placer. Oh, está tan sexy, tan necesitada. Sus pezones sonrosados están alargados y duros, necesitados de un buen manotazo o bofetada… mm… se sube la falda, veo sus medias sujetas al liguero y cntonccs una de sus manos baja entre sus piernas abiertas. Me dan unas ganas locas de follarla duro con la lengua.

La miro y me muevo en su dirección, llegando hasta ella y arrodillándome detrás del mostrador de recepción, bajo el escritorio de Vanessa, justo entre sus piernas. Deslizo sus bragas mojadas por sus largas y sexys piernas y ella las abre para mí, y empiezo a devorarla. Acomodo mi cara entre sus pliegues empapados y empiezo a lamer, con la boca abierta y la lengua fuera, yendo desde el agujero de su culo hasta su clítoris y de vuelta unas cuantas veces más hasta que ella enreda sus dedos en mi pelo y tira de mí hacia ella, asegurándose de que chupo ese clítoris y engullo todo lo que tiene.

Ella sube las piernas sobre el escritorio y las abre de par en par, dejando su coño abierto para mí. Ahora está asilvestrada, su culo se desliza un poco hacia delante y …te veo mirándonos, acariciándote y oh dios… ¿es una polla dura lo que estoy viendo? Te hago un gesto para que te acerques y te muestre a mi chica, y lo haces. Está tan necesitada y húmeda por tu polla. Le pongo la boca encima y empieza a chupártela mientras yo le muerdo los pezones y le meto los dedos, empujando fuerte, estimulando su punto G… haciendo que se corra con mi nombre en sus labios suaves y húmedos. Sí, Vanessa… así es. Me encanta oír cómo te corres.

Saciada, me tira del pelo y tira de mí hacia arriba, metiéndote dentro de mi boca, obligándome ahora a chuparte. Obedezco porque eso es lo que hago. Soy su niña buena. Ahora estoy de rodillas, haciéndote gargantas profundas, con su mano en mi cabeza, dirigiéndome rápidamente hacia ti y oigo tus gemidos que lentamente se convierten en gruñidos. Mm… me encanta complacerle, amo.

Vanessa me abre más las rodillas y se tumba en el suelo, justo entre ellas, haciendo que me siente sobre su cara. Oh…oh…me encanta esto. Me estás follando la boca y ella me está follando con la lengua, esto es una maravilla…Me incita a mover las caderas y a encorvarme ligeramente sobre su cara, ahora metida dentro de mi coño, dándome el placer de mi vida, mientras me pierdo en los empujones, tus gruñidos y tu semen…dentro de mi boca y por toda mi cara. Mm… qué bien sabes.

Mm… ¿amo? ¿Estás ahí? ¿Todavía estás conmigo? Espero que esto pueda ser un regalo de buenas noches de mi parte para ti. Verás, a mí también me encanta hacer regalos.

Tuya a través de la World Wide Web,

Miss Roberts

***

Oh Dios… mis bragas no tienen ninguna posibilidad. No estoy segura de si intento ponérsela dura o mojarme yo. De cualquier forma, estoy segura de que lo he conseguido.

Recuerdo claramente que mi Satisfyer me está esperando en el dormitorio y sé que no debo hacerle esperar. Puede ser así de desagradable. Pulso enviar y dejo mi teléfono para que se cargue.

Caminando hacia mi dormitorio siento mi corrida goteando entre mis piernas. Esta noche será una buena noche.

# CAPÍTULO 2.2

**Punto de vista de James Knight.**

Envío el email y cierro la sesión de mi cuenta de Gmail para eliminar la tentación de querer comprobar si me ha contestado. Decido concentrarme en el trabajo real que he descuidado durante todo el día de hoy y consigo repasar la mayoría de los informes de la carga de trabajo. El reloj marca que falta media hora para medianoche y decido irme a dormir.

*"...Su rostro se volvió blanco como la ceniza y se contorsionó en un ceño agonizante, está apretando los dientes y sé que me matará si me pilla. Jake grita «¡Corre, Jamie, corre!» y yo subo corriendo las escaleras como un mono a cuatro patas, manchando la sangre de mis manos por toda la escalera de madera. Mirando por encima de mi hombro le veo subir las escaleras, apoyando su peso en las paredes. Con un grito ronco su pie resbala en el peldaño ensangrentado y pierde el*

*agarre a la pared, cae hacia atrás, rodando escaleras abajo. Veo su cuerpo desplomarse en la base de los escalones, con el cuello retorcido de forma antinatural y ya no se mueve... Un charco de sangre alrededor de su cuerpo crece lentamente y de repente todo está en silencio, tan en silencio..."*

El grito está llenando el espacio, rebotando en las paredes, dominando el silencio mortal, y me despierto de un salto en medio de mi cama.

Empapado en mi propio sudor lucho por recuperar el aliento. Me siento enfermo y mareado, tengo las manos húmedas y siento que aún están pegajosas por la sangre de mi pesadilla. Oh, el horrible líquido rojo, caliente y pegajoso... Salgo rodando de la cama y corro al baño, justo a tiempo para derramar mis tripas en el retrete.

Levantándome del suelo, voy al lavabo y me froto las manos bajo el grifo, utilizando grandes cantidades de jabón. Luego abro la ducha y me meto para lavarme todo el cuerpo.

Tras la ducha, me envuelvo en un cálido albornoz de rizo y me seco el pelo con una toalla. Vuelvo a mi dormitorio y veo que pasan treinta y siete minutos de las cinco de la mañana.

Bajo las escaleras y me preparo un espresso doble antes de ir a mi sala multimedia para quitarme este mal humor. Media hora de machacar monstruos virtuales debería servir. Enciendo la Xbox y me dispongo a matar algunos demonios alados de Metro 2033. Al menos a estos monstruos puedo matarlos, a diferencia de los de mi infancia que se niegan a morir.

Tras haber matado a todo lo que se mueve en mi desangelado entorno de videojuegos y haber quemado el exceso de adrenalina, apago la consola una hora más tarde y vuelvo a mi dormitorio. Con mis recuerdos a buen recaudo en lo más profundo de mi mente, me visto para ir a trabajar con mi traje azul marino y salgo de mi apartamento, donde Anthony ya me espera para llevarme a Knight House.

Hoy es viernes y todo el mundo en la oficina rebosa entusiasmo, preparándose para sus planes de fin de semana. ¿Y qué he hecho yo? Le dije a mi sumisa que estaba ocupado, para poder explorar mis sentimientos por una chica con la que tengo una loca relación de cibersexo y a la que sólo he visto una vez en la vida real. Después de la pesadilla que tuve, necesito un polvo duro de verdad, no uno virtual.

Hablando de eso, veamos si ha escrito una respuesta a mi estimulante correo. Me conecto a mi cuenta de Gmail y veo un nuevo email de ella. La línea del asunto ya me tiene ligeramente molesto y... no puedo creerlo... ¿celoso? *¿Qué? ¿Realmente estoy celoso de un trozo de plástico?* Estoy irritado… pero la imagen de su cuerpo desnudo retorciéndose encima de las sábanas mientras su vibrador penetra su resbaladiza abertura… se me pone dura sólo de pensarlo.

Además, ese breve momento de ayer en el que la estreché entre mis brazos, no puedo quitármelo de la cabeza. No puedo olvidar cómo me sentí en ese momento, con qué fuerza quería besarla, cómo me mantuvo congelado en el sitio, sólo con la mirada.

Empiezo a leer su email y me asalta una extraña sensación; siento varias emociones diferentes a la vez. Me siento excitado, enfadado y de alguna manera… ¿esperanzado? *Oh, señorita Roberts, qué mandona eres, ¿verdad?* Me doy cuenta de que cometí un error al suponer que quería fingir lo que es ser mi sumisa y que la estaba tratando como trataría a una sumisa, pero parece que no acaba de entender la definición.

Sigo leyendo su email y… Dios mío… Eres muy traviesa señorita Roberts… Y empiezo a sospechar que también está llena de mentiras. Sé con certeza que no hay nadie llamada «Vanessa» trabajando en Encuentros Virtuales Ltd. y, a juzgar por su historial de citas, esta experiencia lésbica es puramente producto de su imaginación y no algo basado en la realidad. Empiezo a preguntarme si ha hecho otras afirmaciones atrevidas sobre su experiencia sexual que simplemente no son ciertas.

Tengo que admitirlo, esa escena del trío es súper sexy y me pregunto si ella estaría dispuesta a llevar a cabo la fantasía en la vida real y también, ¿cómo me sentiría yo al respecto? En realidad, la idea me enfurece, siento que podría estrangular a cualquiera con mis propias manos sólo por mirarla y tener pensamientos sucios relacionados con ella en su mente. Noto que los nudillos se me están poniendo blancos y las uñas se me clavan en las palmas de las manos, porque aprieto los puños con tanta fuerza…

*¡Vaya! Tengo que calmarme de una puta vez… ¿De verdad tengo sentimientos tan fuertes hacia ella? Quizá la pesadilla de esta noche tenga algo que ver con cómo me siento. La última vez que sentí tanta rabia asesina fue hace casi 20 años y mis manos estaban cubiertas de sangre. Ese horrible líquido caliente y pegajoso… Todavía recuerdo claramente cómo se sentía en mis manos…Estoy temblando y no consigo que me entre suficiente aire en los pulmones… ¡Ahora no, maldita sea! Por favor… ahora no, no quiero pensar en ello ahora. Respira… respira hondo… concéntrate en la respiración. Consigo respirar hondo unas cuantas veces y ahora siento que estoy de nuevo en mi despacho. De nuevo en control. Joder, necesito una reunión urgente con Laura. Pulso el botón del interfono y llamo a mi asistente personal.*

«Silvia, por favor, llama a Laura y asegúrate de que esté libre para esta noche. Luego llama al restaurante Patina en Beverly Hills y reserva mi mesa habitual para las ocho y media. Que aparten también una botella de Barbaresco de 1990». Suelto el botón y vuelvo a la contemplación que estaba teniendo sobre la señorita Roberts antes de que mi episodio detuviera mi hilo de pensamiento.

Si acepto a la señorita Roberts como mi sumisa, tendré que deshacerme de Ella. Y aparte de un charco de lágrimas, ataques de celos y peleas de gatos, puedo ver algunos mechones de pelo arrancados, ventanas rotas y órdenes de alejamiento en un futuro próximo. Que Dios me ayude... Sé que Ella no se tomará la noticia a la ligera, pero nunca fue amor lo suyo. Fue una necesidad.

Creo que es hora de redactar mi respuesta a la Srta. Roberts y seguir con mi día.

***

**Para:** E Roberts
**Asunto:** Presentación
**De:** J Knight
**Fecha:** 01/25 9:02 a.m.

Estimada Srta. Roberts,

Creo que primero deberías consultar la definición de la palabra **sumisa** en el diccionario, porque lo que eres ahora mismo es lo más lejos que puedes estar de serlo. Creo que me has engañado en tu descripción de ti misma como tímida, callada, siempre dirigida por los demás y alguien que prefiere obedecer a luchar. O has faltado a la verdad o te has vendido muy mal en ese sentido, porque tus emails me dicen exactamente lo contrario. Eso me hace pensar que realmente no confías en mí y que estás intentando fabricar hechos falsos sobre ti misma, lo cual no puedo culparte, Internet es un lugar que da miedo lleno de gente que da miedo y tienes derecho a ser precavida. Pero en el primer punto de ser una sumisa: la confianza, yo diría que has fallado.

Cambiando de tema, creo que también hay algo de culpa por mi parte. Debo disculparme por permitirme suponer que, al meterse en esta farsa del email sensual, estabas interesada, al menos hasta cierto punto, en asumir el papel de sumisa. Como mínimo, vivir la fantasía en tu mente. Si no estás dispuesta a hacerlo, dímelo ahora y dejemos de perder el tiempo.

Pero creo que ya lo has probado y que te ha gustado bastante el sabor, pero quizá te da un poco de reparo pedir el plato completo, no estás segura de si conseguirías comértelo entero, por así decirlo.

Te veo como alguien muy inteligente, educada, fuerte, segura de sí misma e independiente. Alguien que tiene una pasión y un deseo desenfrenados ocultos bajo una fachada fría, suplicando ser desencadenada y liberada. Las nociones feministas sobre la igualdad de género y las normas de la sociedad, más las historias de las novelas románticas de la época victoriana, te llevan a creer en este cuento de hadas de algún príncipe azul en un caballo blanco. Y probablemente hayas salido con un par de ellos, pero nunca te follaron como a ti te gusta, que es duro, bruto y sucio. Así que lo que en realidad quiere es un caballero negro en un corcel negro como la noche. Pero tampoco creo que lo que desees sea un chico malo con una moto rápida y un tatuaje en la cara. Quieres a alguien que te trate como a una princesa pero que te folle como a una puta, naturalmente.

Por cierto, ¿eres por casualidad bisexual? La escena del trío que describiste era muy caliente y me la puso muy dura, pero no estoy seguro de si podría compartirte con alguien más, hombre o mujer. ¿Es algo que te interesaría explorar? ¿O es sólo algo que inventaste para vengarte de mí? Burlarse así de tu mo es un gran sinsentido, pero ya que tan obviamente me has señalado que no eres mi sumisa, olvidémoslo y sigamos adelante.

¿Mostrarte lo que significa poseerte por completo? Lo haré con mucho gusto si estás dispuesta a acceder, y junto con tus otros puntos es

algo que preferiría hacer en la vida real. Así que 
déjame preguntarte algo. ¿Qué harías si me 
conocieras en la vida real? ¿Y si ya lo hubieras 
hecho? Ahora los dos llevamos máscaras… ¿tienes 
el valor suficiente para quitarte la tuya? ¿Para 
permanecer completamente desnuda ante mí? 
¿Para contemplar el rostro de tu verdugo y tu 
salvador? ¿Para mirar profundamente a los ojos y 
enfrentarte a las pesadillas que los atormentan? 
…¿Lo estás?

Si me presentara ahora mismo en t oficina y 
te dijera que te levantaras la falda, te quitaras las 
bragas y te inclinaras sobre la mesa para que yo te 
diera unos azotes en tu culo deliciosamente alegre y 
luego te follara duro, ¿qué harías? ¿Gritarías y me 
lanzarías una grapadora? ¿Buscarías alguna excusa, 
como que sus compañeros están mirando o que 
alguien podría entrar, o simplemente te levantarías 
y te agacharías? ¿Qué harías, Srta. Roberts? ¿Puede 
responder sinceramente esta vez? No tienes que 
inventarte asistentes o secretarias locas por el sexo 
sólo para estimular mi interés. Eres absolutamente 
despampanante, sexy y encantadora sin eso. Lo que 
sí quiero es conocerte, conocerte mejor, descubrir 
tu verdadero yo, la mujer que hay detrás de todas 
las capas de disfraz o armadura. Completamente 
desnuda.

Siéntete libre de disfrutar de su cita con tu 
Satisfyer y espero que él pueda excitarte y hacer que 
tus fluidos fluyan tan bien como puede subir y bajar

sus velocidades de succión. Y también que te abrace después y te bese el pelo y te susurre algo dulce al oído, te prepare un buen baño de burbujas, te dé un masaje en los pies, te lleve a cenar o simplemente hable contigo. Lo más importante de todo es que nunca tendrás que pedirle permiso para correrte. Así que disfruta de todos los beneficios de haber invertido en una gran pieza de electrónica, señorita Roberts.

Cuídate.

Atentamente,

S. Knight

***

Termino el email y vuelvo a mi trabajo habitual del día. Después de haberme ocupado de todo el trabajo atrasado y teniendo aún algo de tiempo hasta mi reunión, decido cambiar la tranquila toma de posesión de Encuentros Virtuales Ltd. por una a lo grande. Un baile de máscaras formal sería una forma perfecta de presentar Knight House Ltd. a los empleados de Encuentros Virtuales.

## Punto de vista de Eva Roberts.

*...veo un bello rostro entre las nubes. Sí. La reconozco, ahora tiene veintidós años. Joven y guapa. Acercándose, me mira con una sonrisa de felicidad en la cara. No me atrevo a moverme. No quiero que la aparición desaparezca. He tenido este sueño demasiadas veces. De repente, su rostro angelical se vuelve triste y perdido: ¿Dónde estás? Eva….¿Dónde estás? Y todo desaparece en polvo y sirenas de policía.*

«...¡No! ¡No!»

Me despierto sudando y llorando, llorando en sueños, como todas las otras veces. El dolor en el pecho me está matando. Siempre está ahí, sin abandonarme ni un momento. Recordándome mi culpabilidad. Me levanto y, aún llorando, voy al baño. Dios mío, hacía tiempo que no tenía este sueño. En el momento en que me relajo y me dejo llevar, disfrutando de los placeres que puede darme la vida, me lo recuerda. Veinte psicólogos a lo largo de los años no han podido solucionar mi vida. Nadie puede absolverme de mi culpa. 'Depende de ti', me dijeron. ¿Y a mí? No quiero que mi conexión se desvanezca. ¿Por qué debería hacerlo? Nunca olvidaré a mi hermano. Tan joven e inocente. Y todavía cerca, puedo sentirlo. Forma parte de mí. Y siempre lo será. Si absolver la culpa significa que le dejaré marchar entonces… me sentiré culpable para siempre. Sé que entonces sólo tenía seis años. Mi mente adulta me dice que no es culpa mía, pero lo dejaron a mi cuidado menos de un segundo y lo perdí. Mi hermano de cuatro años… ¡lo perdí! Me tapo la cara con las manos y empiezo a llorar desconsoladamente, cayendo al suelo del cuarto de baño desesperada. Es extraño, pero cada vez que lloro siento que estoy más cerca de él. No me desprendo del dolor… en cierto modo es él.

Después de una hora de llorar, acurrucada en posición fetal en el suelo del baño, ya no tengo lágrimas y la presión en mis fosas nasales es insoportable. Me levanto y miro al espejo; me asusta la persona que me devuelve la mirada. Ayer mismo estaba disfrutando de mi vida. Pero ¡me lo merezco! ¿Cómo pude olvidar a mi hermano pequeño, mi único amigo? ¿Por qué creí que mi vida volvía a ser buena? Esos emails me distrajeron… Y luego estaba ese hombre con el que me tropecé. ¡Sabía que no debía dejarme llevar! No creo estar preparada para una relación. Creo que nunca lo estaré.

Miro la hora y son casi las cinco de la mañana. Si no dejo de llorar a las nueve mis ojos estarán hinchados y rojos y todo el mundo empezará a hacer preguntas de nuevo, a husmear en mi vida. Bueno, esa parte está cerrada. Para todo el mundo. Me alegro de que la policía tomara esa decisión como un favor a mi madre, viendo lo frágil que estaba y que no mejoraba en absoluto.

Después de mi larga ducha me pongo mi vestido ajustado beige comprado especialmente para el trabajo y me deslizo sobre mis tacones de aguja negros. Al mirarme en el gran espejo de la pared del dormitorio veo a una mujer profesional. Esta no soy yo. Me encanta mi ropa cómoda. Mis vaqueros, zapatillas y camisetas. Pero el trabajo es el trabajo y la gente quiere verte al menos aparentando. En eso consiste el mundo de los negocios. Ser algo que no eres y jugar con ellos, aunque amo demasiado mi trabajo como para hacerme la santurrona. ¿A quién le importa mi aspecto mientras no me pidan que vaya desnuda a trabajar?

El aroma que sale de la cafetera es tentador. Es lo que tienen las mañanas. Me siento en la mesa del desayuno y me tomo mi taza de café. Como tengo tiempo para revisar mis emails antes de ir a trabajar, abro mi iPhone. Nada. Mi corazón se hunde. Hm. No es una buena forma de empezar el día; llorar mientras duermo, algo que no he hecho en meses y ahora también estoy decepcionada.

Suspiro y me pongo el abrigo. Salgo de mi piso y, por supuesto, justo a tiempo veo a David que vuelve de su footing matutino. A veces tengo la sensación de que está esperando a que salga de mi piso para toparse conmigo. No importa a qué hora salga, él está ahí. ¿Acosándome? ¿Vigilándome? Ugh….No quiero pensar en eso. Mientras mantenga las distancias.

«Buenos días, Eva, es ese momento del día, ¿eh?»

«Buenos días, David, sí, hora de trabajar. Hasta luego».

Bajo las escaleras pasándole rápidamente y voy directa a mi coche.


En el trabajo todo ha vuelto a la normalidad. Pienso en el Sr. Knight; tal vez sea bueno que no me haya contestado. Era una distracción tan grande que ayer no hice nada. Y ese hombre impenetrable…

«Um… ¿Maya?» Me giro hacia ella. «¿Sabes, ayer a la hora de comer justo antes de irme?»

«¿Sí?»

«Me tropecé con alguien fuera de los baños y salí disparada sin disculparme. ¿Quizás le viste? Quería pedirle perdón, pero ya sabes, se rompe una tubería y se olvidan los modales». Sonrío incómoda.

«Oh, ¿ese tipo? Tenía algo que ver con las 
cuentas. No le vi bien. Creo que su ayudante estuvo 
aquí fuera un momento o así. No te preocupes, no 
creo que vuelva».

«Oh». La decepción se nota en mi cara.

«¿Por qué? ¿Qué es él para ti?» ahí está ella, 
interesada como siempre. Tengo que forzar una 
sonrisa antinatural en mi cara. Una de la gran 
cantidad de sonrisas diversas que he escondido bajo 
la manga mientras hablaba de mi vida con tantos 
médicos, policías y psicólogos a lo largo de los años.

«¡Nada! Sólo pensé que debía pedirle 
perdón pero como no va a volver olvídalo».

«Ah, vale».

¡Uf!

No puedo ignorar la pantalla que hay detrás 
de mi documento de Microsoft Word, la de mi 
cuenta privada de Gmail, ahora minimizada en la 
parte inferior. Veo un nuevo email esperándome. 
*Por favor, por favor, ¡que sea de él!* Rezo antes de 
cambiar las pantallas y ahí está. Un email del Sr. 
Knight.

Leo el email lo más rápido que puedo, asimilándolo todo, sintiéndolo… pero nada. Nada de sexo. ¿Eh? ¿Frustrada? Claro que sí.

Y… ¡Un momento! ¿Qué es esto? Después de leer el email tres palabras resuenan en mi mente. Cómo demonios….Me detengo y miro a mi alrededor. Nadie me mira. En cierto modo me siento violada. ¿Puede ser cierto? ¿Está escribiendo chorradas o va en serio?

Escribió 'Estás absolutamente impresionante'. Eso significa que vio mi cara. No puede decir que soy despampanante con sólo ver mi cuerpo. Habría utilizado la palabra sexy. Si realmente me vio entonces es un acosador. ¿Cómo diablos hizo eso? Muy bien. Ahora estoy frustrada y asustada. Ya tengo suficientes problemas de confianza con los que lidiar en mi vida y no necesito más gente agitando mi corazón.

***

**De:** E Roberts
**Asunto:** Frustración
**Para:** J Knight
**Fecha:** 01/25 9:56 a.m.

Estimado Sr. Knight,

No creo haberte engañado al describirme. Soy tranquila y tímida y la mayoría de las veces me dejo llevar por los demás. Eso no es inventado y si me conoces lo comprobarás. Sin embargo, soy inteligente y educada y, puesto que estoy en un trabajo que… um… requiere que juegue con las palabras, también puedo expresarme correctamente, de ahí que parezca alguien con una pasión desenfrenada que «suplica ser desencadenada y liberada». Sinceramente, no creo que lo sea, pero en el proceso de intercambio de estos emails yo también me sorprendí a mí misma.

Nunca pensé que necesitara a alguien que me tratara como a una princesa y me follara como a una puta. Hm. De un modo extraño y raro podría ser exacto.

¿Eres tú el príncipe oscuro que va a salvarme y a tratarme así?

Por cierto, ¡por supuesto que no soy bisexual! Pero pensé que nos divertíamos escribiendo. Lo que escribí era muy sensual, pero me temo que tendrá que quedarse en el papel.

Para tranquilizarte con respecto a convertirme en tu «compañera de juegos» todo lo que puedo decir es que no es no. Tienes razón. Quiero probarlo. No sólo virtualmente.

Dicho esto, no estoy segura de si estarás contenta conmigo. Aún no has visto las pesadillas en mis ojos, así que estate cerca de la puerta cuando lo hagas. Porque de alguna manera creo que correrás a refugiarte.

Y estoy deseando que llegue el día en que aparezcas en mi oficina y me pidas que me agache. Sinceramente, ahora mismo siento el calentón entre las piernas. Este email me dejó frustrada, pero probablemente ya lo sabías, ¿verdad? ¿He aprendido la lección? No estoy segura. Estoy dispuesta a someterme siempre que puedas prometerme diversión. Mucha diversión.

Y Sr. Knight, no hay necesidad de celos. Mi Satisfyer es sólo un Satisfyer. Ni más ni menos. Estará por aquí hasta el fin de los tiempos, a diferencia de nosotros. Así que vamos a darle un poco más de respeto, ¿de acuerdo? Puede que tú también lo disfrutes alguna vez.

Estoy dudando si enviarte por email algo sensual, pero como ya me siento reprendida, he decidido mostrarte mi lado sumiso.

¿Qué quiere el amo que haga ahora?

Suya,

Srta. Roberts

P.D. Dices que soy 'absolutamente despampanante'. ¿Cómo lo sabes? ¿Sabes quién soy? Si lo sabes... ¿debería preocuparme?

# CAPÍTULO 2.3

**Punto de vista de James Knight.**

La fecha del baile de máscaras está fijada
para el próximo sábado, 2 de febrero. Me avisan
con muy poca antelación y dejo que mi sorprendida
ayudante se ocupe de los detalles de la contratación
del catering y de la impresión de las invitaciones
mientras yo voy a la sala de conferencias que hay
fuera de mi despacho para reunirme con mis jefes
de departamento para un informe semanal.

La reunión fue aburridísima y hubiera
preferido ver crecer la hierba que escuchar el
siempre agotador y seco informe de mi jefe de
contabilidad, Stevens. Como siempre, tenía un
montón de números, gráficos y diagramas
circulares. Sé que debería prestarle más atención y
aprecio su entusiasmo por los números, pero ya les
he echado un vistazo esta mañana. Y mientras
estemos en números verdes y obtengamos
beneficios en general, no me importa que algunas
de las empresas que adquirimos estén perdiendo

dinero al principio. Prefiero que mis otras empresas
las mantengan hasta que se pongan en pie y
empiecen a dar beneficios, que empezar a despedir
empleados. Quizá sólo sean los números para
Stevens, pero para mí los números que más
importan son los que representan a mis empleados.

De vuelta en mi despacho me concentro en
mi trabajo, esforzándome por ignorar mi cuenta de
Gmail y si la señorita Roberts ha contestado algo a
mi acalorado correo. Estoy dejando que se
preocupe por mi ausencia y, al mismo tiempo, me
doy a mí mismo un poco de distancia y claridad
necesarias. Está consumiendo mis pensamientos y
haciéndome adicto a ella. No entiendo cómo puede
tener un control tan fuerte sobre mí, sólo a través
de sus emails. Me siento atado a ella con una
cuerda invisible.

Acabo quedándome mucho después de que
todo el mundo se haya ido por la tarde y ya esté
oscuro fuera. Es hora de reunirme con mi buena
amiga Laura. Ella es dueña de un club BDSM
exclusivo, sólo para miembros, y necesitas una
invitación para unirte. La afiliación es bastante
cara, pero por lo que pagas merece la pena, sobre
todo por las salvajes fiestas privadas que ella
organiza personalmente. El nombre del club es 'Red
Velvet', disfrazado de cabaret y bar de alto nivel.
Hay otra parte apartada del edificio sólo para socios
con espectáculos privados para casi todos los

gustos. Ah, y hay muchas habitaciones separadas estilo mazmorra para jugar en privado.

Cuando la conocí hace ocho años tenía treinta años y un aspecto impresionante. Su forma de comportarse emanaba confianza y atractivo sexual. Madame Red Velvet es como la llamaba todo el mundo. La ayudé a convertir el club en uno de los lugares más glamurosos de la ciudad y desde entonces sigue siendo mi amiga. Aunque sabía que sólo se junta con gente de la que puede sacar algo, nunca me molestó; también le encontré un buen uso.

«Hemos llegado, señor». La voz de Anthony me saca de mis recuerdos.

El coche se detiene en el elegante restaurante francés y Anthony me abre la puerta. Salgo y me dirijo al interior mientras él aparca el coche. La joven y atractiva anfitriona me reconoce enseguida y, tragando la saliva que produce rápidamente en su boca, me saluda y me indica mi mesa. A veces odio seriamente toda la atención que recibo de las mujeres. Dicen que me parezco al Dorian Gray de Ben Barnes, sólo tengo que lanzarles una penetrante mirada ardiente y todas se derriten... Si supieran que estoy tan podrido por dentro como el propio Dorian.

Una vez sentado, pido el vino mientras espero a que aparezca Laura. No tengo que esperar mucho cuando veo el destello de un elegante pelo rojo oscuro y un par de penetrantes ojos marrones clavados en mí. Sus labios rojo cereza se curvan en una sonrisa igualmente astuta.

Me levanto de mi asiento para saludarla y ella me da un abrazo y me besa la mejilla.

Disfrutamos de nuestra cena y hablamos un poco de cosas generales, negocios y demás, pero ella se da cuenta de que estoy distraído, así que deja su copa de vino y me tiende la mano. Colocando la suya sobre la mía, me impide jugar nerviosamente con la servilleta; me mira directamente a los ojos y con voz tranquila me pregunta: «¿Qué te pasa, James? Hay algo que te preocupa. ¿Tiene algo que ver con Ella?».

«¿Por qué piensas eso? Ella te llamó, ¿verdad? Supongo que en cierto modo sí tiene que ver con ella», digo, sin ocultar mi irritación. Suelo conocer a mis sumisas a través de Laura; ella me filtra a las potenciales antes de que yo haga una comprobación de antecedentes y entreviste a las que me gustan. Sé que suele tener una relación personal con la mayoría de las chicas, incluso antes de que se conviertan en mis sumisas, y mantiene el contacto con la mayoría de ellas después de que yo haya terminado. Y nunca solía molestarme antes, pero esta vez me está molestando por alguna razón que mi sumisa esté hablando con Laura a mis espaldas.

«Nada… ¡Relájate! Acaba de empezar a 
llorar y a contarme cómo se siente, porque el Amo 
está enfadado con ella. Apenas pude entenderla. No 
la habrás dejado preñada, ¿verdad?», pregunta con 
cuidado.

«¡No seas ridícula, claro que no! Es sólo que 
no me gusta que te llame a mis espaldas. Le dije 
que se quedara en Las Vegas, porque… conocí a 
alguien, ¿vale? Creo que me gustaría darle una 
oportunidad y ver a dónde me lleva… Y necesito tu 
consejo sobre cómo manejar el aprendizaje de 
alguien nuevo en la escena", le explico titubeante.

Ella parece asombrada durante un segundo, 
sorprendida… Luego sacude la cabeza y aprieta mi 
mano con más fuerza. «¿Una extraña? ¿Por qué 
querrías a alguien así? ¿Por qué crees que alguien 
sin experiencia te haría feliz? James, espabila, si 
por alguna razón ya no te gusta Ella puedo 
encontrarte otra chica que siga todas tus órdenes. 
¿De qué va esto realmente, James?»

Retiro mi mano de su agarre y la miro 
fríamente, haciendo que se encoja bajo mi intensa 
mirada. «¡Eso no es lo que QUIERO! No quiero una 
sumisa más… Ésta es… diferente. Quiero más con 
ella».

Se queda con la boca abierta al oírme 
levantar la voz y se queda momentáneamente 
aturdida en silencio. Creo que yo también estoy

aturdido por mi propia admisión. *¿Quiero más con ella? ¿Qué significa siquiera más? Lo único que sé es que nunca he deseado a nadie tanto como a ella.*

Laura ha recuperado la compostura y ahora me sonríe con simpatía. ¿Es sólo mi imaginación o veo un atisbo de lástima tras los ojos encapuchados? Vuelve a cogerme la mano; creo que está a punto de darme un sermón como a un niño descarriado. *Esto ha sido un maldito error, pensé que ella lo entendería. Obviamente me equivoqué, después de sus tres matrimonios fallidos ella no cree en el romance ni en el amor, dudo que alguna vez lo hiciera. Todos sus matrimonios fueron por dinero. Espera, ¿qué? ¿El amor...? ¿De dónde demonios ha salido eso?* Creo que la confusión está grabada en mi cara y Laura acaba de leer mis pensamientos. Se reclina en su silla y bebe un sorbo de vino. Una pequeña sonrisa destella momentáneamente en su rostro, como si la conclusión en mi cabeza la complaciera, y luego se oculta de nuevo tras su fachada benévola.

«Entonces, ¿quién es ella? Se nota que le tienes ganas, amigo mío. ¿No ves que son los trucos que jugamos las mujeres? Pensaba que serías más inteligente que eso...» intenta hacerme ver su punto de vista, pero cuanto más intenta hacerme cambiar de opinión, más quiero mantenerme firme y llevar esto hasta el final.

«No todo el mundo es como tú, Laura. Gracias por tu compañía, pero creo que lo resolveré por mi cuenta». Me levanto de la mesa, le doy un trago a mi vino y, dejando caer un grueso montón de billetes de cien dólares, me voy. Quizá haya sido un poco duro por mi parte, pero estoy cansado de que me diga lo que tengo que hacer con mi vida personal.

Ella se burla indignada y me dice a la espalda: «Recuerda mis palabras, James, verás que al final tenía razón. Si quieres aprender por las malas, adelante, pero sólo intento ayudarte».

Salgo a toda prisa, sin prestarle atención mientras siento su intensa mirada abrasándome la espalda.

Subo al coche y miro mi reflejo en una de las ventanillas. Veo que tengo una mancha del pintalabios de Laura en la mejilla. Agarrando un pañuelo me lo restriego con energía.

**Punto de vista de Eva Roberts.**

Han pasado casi siete horas desde que envié ese email. Me pregunto por qué no me ha contestado. Lo terminé con una nota sumisa y eso por sí solo debería haber merecido una respuesta rápida. En lugar de eso, aquí estoy, esperando, anhelando un email. *¡Un email!* Ese hombre, quienquiera que sea, me ha hecho desearlo. Ha dicho que soy impresionante. Eso está muy bien oírlo de alguien que te gusta. Pero normalmente viene de ese buen chico empollón que todo el mundo te dice que vayas a por él, sólo porque es un buen novio.

¡Al diablo con eso!

No quiero un novio material. Quiero a alguien… ¡Sí! Que me trate como a una princesa y me folle como a una puta. Bien dicho, Sr. Knight. Sí quiero a alguien así. ¿Pero existe? Apuesto mi vida a que no… o si existe, ya está cogido.

«Eva, ¿vienes esta noche a 'Old Joe's' después de cenar?»

Maya asoma la cabeza en mi despacho e interrumpe mi proceso de pensamiento. Quizá debería parecerme más a ella. Dejando Polonia a los veinte años, hizo de Los Ángeles su hogar. Como cualquier otra veinteañera, busca al Sr. Perfecto y nada la deprime; siempre está animada. Y con un acento como el suyo, se nota que está muy cerca.

«Um… no estoy segura. Espera, en realidad, sí, lo haré».

Al diablo con el Sr. Knight, ya no lo esperaré más. De todas formas es sólo algo virtual, y no veo que se convierta en algo más que eso. Además, si no voy, tendré que soportar a David en casa, siempre pidiéndome ingredientes para sus recetas, hechas especialmente el viernes por la noche. No quiero verle.

«¿Quién más viene?»

«Somos tú, yo y Maureen de RRHH».

«Ugh…ok.»

«¿Qué? ¿No te gusta Maureen?»

«Bueno, no es eso. Es sólo que a veces es demasiado atrevida y demasiado para mí».

«Sí, lo sé. Pero ella es la que organiza esto. Y dijo que habrá algunos chicos allí así que… no perdamos esta oportunidad. No queremos seguir siendo las únicas solteras en los Encuentros Virtuales».

«Esa es la cosa. No quiero un novio. Ni nada. Soy feliz tal como soy».

«¿Por qué? Todo el mundo necesita a alguien. Esta vida está diseñada para dos. No para uno».

«Bueno… Las relaciones no siempre tienen sentido para mí».

«¡Sí, si estás en el mundo exterior! Tienes que encontrar a alguien que te haga hervir la sangre. Alguien que te deje mojada… haciéndote volver a casa deslizándote sobre tus fluidos… dejando un rastro como una babosa».

Maya se deja llevar.

«Eugh… ¡ahora eres repugnante!»

«Bueno, ¿tú no? ¿No quieres encontrar a alguien con quien volver a casa?»

«No. No quiero».

«Eva, ahora no estás siendo sincera».

«Maya, créeme cuando te digo que necesito mucho para enamorarme de un chico. Mucho. E incluso entonces, conociendo mi suerte, él no me encontrará interesante. Así que me rendí hace mucho tiempo. Ya no necesito un chico».

«Argh, sinceramente, me gustaría que conocieras a alguien que ponga tu mundo patas arriba y entonces… entonces mi querida amiga, te señalaré con el dedo y me reiré».

«Ja, ja, ya puedes empezar a reírte porque eso no va a pasar».

Maya me hace sentir mejor. Por muy entrometida que sea, es muy divertida y una buena amiga mía. Aunque no muy íntima. No quiero amigas íntimas. Sólo una buena amiga, supongo.

«¿Cuándo vamos a reunirnos con ella?»

Mientras digo esto veo a Maureen empujando a Maya hacia dentro y entrando en mi despacho.

«Hola, Eva. Ya está todo listo. Vamos, coge tu bolso. Esta noche vas a conocer a los tíos más guays de Los Ángeles. Pero primero, cenaremos en ese nuevo local de al lado».

«Déjanos tomar esa decisión, Maureen. Y no seas insistente o te prometo que será la última vez que salga contigo».

«Vale, vale… está bien, simplemente ponte en marcha».

Dejo mi coche en el aparcamiento de la empresa; esta noche habrá bebida y no puedo conducir bajo los efectos del alcohol. Soy una desastre. El coche puede quedarse aquí el fin de semana. De todas formas, no lo necesito.

Dentro del restaurante, los receptores de mi nariz, los que llevan el aroma directamente al cerebro, se estimulan con el olor del pan recién horneado y los diferentes tipos de cocina. Hoy me he perdido la comida. Me sobrecargué de trabajo deliberadamente, intentando no pensar en esos emails y en ese tipo con el que me tropecé. No puedo quitármelo de la cabeza. ¿Por qué no le dije nada? Bueno... diciendo eso, ¿por qué no dijo algo? Está claro que fue culpa mía, pero al menos podría haberme gritado. Pero nada. Nos quedamos mirándonos fijamente. Todo sucedió tan rápido y, sin embargo, su cara está profundamente grabada en mi mente.

La camarera nos toma nota; todos nos decantamos por la especialidad del día, filete de lubina a la sartén con vieiras de Nueva Jersey y guisantes. Con veinte minutos de espera antes de que la comida llegue a la mesa, miro a Maya y Maureen y me alegro de haber salido con ellas; no paran de hablar. Pero en cuanto llega el pescado, queda claro el hambre que teníamos.

Después de tres horas en el restaurante, comiendo y charlando, estamos listos para Old Joe's. Está a sólo unas manzanas, así que decidimos ir andando. Lo necesitamos después de nuestra gran comida.

A los veinte minutos nos encontramos con un elegante restaurante francés y todos estamos de acuerdo en que parece moderno y caro. Maya mira

el menú en el escaparate y Maureen se queda 
mirando el cartel que hay sobre nosotras, de estilo 
rústico y en tu cara: «Patina». Miro dentro, 
intentando ver el tipo de clientela. Mientras mi 
mirada se pasea por la hermosa decoración y los 
camareros, mi corazón se detiene cuando veo a mi 
hombre misterioso. El mismo con el que me tropecé 
ayer mismo. ¡Dios mío! Es guapísimo. Le miro 
fijamente, con la boca ligeramente abierta. Su pelo 
oscuro le cae sobre la cara y la forma en que pasa 
sus dedos por él… ah… es incluso mejor que en mi 
recuerdo. Todo a mi alrededor se difumina y, me 
veo entrar en un bosque encantado con él como luz 
guía. No hay nadie más alrededor. Pero entonces… 
me fijo en otra persona sentada en la misma mesa. 
No podía verla desde donde estaba. Doy un paso a 
mi izquierda y me quedo inmóvil. Una mujer muy 
guapa, pelirroja, probablemente su novia. También 
tiene una mancha de carmín en la mejilla, y….ah… 
por la forma en que acaba de tocarle la mano no 
puedo seguir mirando. Me duele. Me doy la vuelta, 
alterada y….

«Eva, ¿estás bien? Pareces enfadada…». 
Maya se da cuenta de mi extraña expresión facial y 
de la sangre que me sube a la cabeza.

«Um… lo siento chicas, me voy a casa. 
Creo… que me siento mareada».

«¿Quieres que vaya contigo?»

«No, no, estoy bien. Sólo necesito tumbarme. Estaré bien».

«¿Estás segura?»

«Sí.»

«¡Taxi!»

Maureen hace mucho ruido y el primer taxi que pasa se detiene. Me subo y sé que tengo que alejarme de allí. De esta noche. Su proximidad me produce náuseas. *¿Qué coño pasa?*

Le doy al conductor mi dirección y mientras nos alejamos, la realidad me abofetea en la cara, dejándome una roncha roja en el interior, que no se irá al menos en unas semanas. Eso es lo que me pasa cada vez que me hago ilusiones.

Para cuando salgo del taxi y cierro de golpe la puerta de mi piso, suena el timbre y ahí está él, mi vecino no tan favorito, David.

No tengo tiempo de quitarme el abrigo ni los zapatos al abrir la puerta.

«¿Sí, David?»

«¡Eva! Tú… no te esperaba tan tarde».

«¿Por qué? ¿A qué hora me esperabas?» Me río.

«Um…no. Um…bueno normalmente vienes a casa después del trabajo y como ahora son…um…más de las nueve pensé….»

«David, ¿estabas esperando a que volviera del trabajo?»

«Sí. Sólo estoy preocupado por ti, Eva».

«Bueno, gracias pero no tienes por qué estarlo. Puedo cuidarme sola. Ahora, ¿querías algo?»

«Um… lo siento. Sí, ¿tienes azúcar?»

«No, no tengo. Adiós David.»

Le cierro la puerta en las narices. Me está volviendo loca y cada día es más odioso. Le oigo murmurar «lo siento» en el pasillo. ¡Uf! Realmente me pone los pelos de punta.

Me siento en el sofá del salón y me sirvo un vaso de vino. Sí. Necesito alcohol. Mucho. Y empiezo a beber. Estoy decepcionada, triste y enfadada conmigo misma por haberme enamorado de alguien. *Pero… fue tan repentino… que no tuve ninguna oportunidad.*

Enciendo la televisión, me quedo con la mirada perdida y bebo. El timbre vuelve a sonar y me dirijo de puntillas a la puerta para ver por la mirilla, y es David otra vez. Pues no pienso abrir.

Me quito la ropa y me pongo mi bata de seda blanca; me voy a la cama. Apenas lo siento sobre mi cuerpo pero me da suficiente calor durante la noche, y me encanta. Tumbada en mi cama medio borracha no hay nada más que hacer. Es viernes por la noche y estoy sola en casa, como siempre.

Decepcionada y frustrada, me viene a la mente mi jodido amo virtual. Quizá me haya enviado un email. Saco el portátil de la mesa auxiliar y me pongo otra almohada a la espalda, poniéndome cómoda. Mientras espero a que el sistema se ponga en marcha, agarro la copa de vino blanco de la mesa auxiliar que tengo al lado y bebo un sorbo. Mmm... sí. Puedo beber más alcohol. Sentada aquí con el portátil sobre las piernas cruzadas, mi amo pervertido es mi última oportunidad. Sé que mi vida real es una mierda y que nunca conoceré a nadie a quien amar... Quiero decir, ¿a quién quería engañar? ¿Un toque electrizante? Todo estaba en mi mente. Mi mente deseosa. Tiene novia. O tal vez una esposa. ¡Dios mío! Podría estar casado y tener una familia. Y yo que pensaba que había algo en el aire. *¡Sí, lo había! ¡Mis hormonas!*

Antes de terminar de reprenderme, abro mi cuenta de Gmail y... nada. Se me hunde el corazón. Realmente lo necesitaba. Doy otro sorbo a mi vaso y oigo un zumbido procedente de mi ordenador portátil. Lo miro y no hay ningún email nuevo pero la ventana de mensajería instantánea está abierta y …… *¡Es él!*

*¡Sí!*

***

**J. Knight:** «¿Srta. Roberts? ¿Estás ahí?».

Dios mío. ¿Qué le digo? Quería un email suyo. Y esto es... una conversación real. En línea, pero real.

**Yo:** «Bueno... buenas noches, Sr. Knight... o debería decir... buenas noches, amo...».

**J. Knight:** «Buenas noches, señorita Roberts. ¿En casa el viernes por la noche?».

*¡Uf! ¡Cómo te atreves!*

**Yo:** «Estuve fuera, pero como la diversión se limitó sólo a mis amigos, decidí volver a casa y beber en paz».

**J. Knight:** «¿Estás borracha?».

**Yo:** «No, pero me estoy acercando. ¿Por qué? ¿Quieres acompañarme?».

**J. Knight:** «No, gracias. Ya he bebido bastante esta noche. Ya he bebido bastante».

**Yo:** «Hm. No eres divertido».

**J. Knight:** «¿Divertido? ¿Desde cuándo beber es divertido?»

**Yo:** «Um... ¿No lo es?»

**J. Knight:** «¿Quieres divertirte, señorita Roberts? ¿Está lista para jugar? No es lo real pero seguro que nos acercará».

**Yo:** «¿Podemos jugar? ¿Ahora?».

**J. Knight:** «Sí, señorita Roberts, ahora. ¿Quieres jugar?».

**Yo:** «Sí, juguemos... Esto se está poniendo emocionante».

**J. Knight:** «Sí, ¿qué, Srta. Roberts?»

**Yo:** «Sí, amo».

**J. Knight:** «Buena chica. Srta. Roberts, por favor, no te excites todavía».

Dios mío, ¿esto es real? Me arde la entrepierna y aún no hemos empezado.

**J. Knight:** «¿Qué llevas puesto?»

**Yo:** «Llevo puesto mi bata de seda blanca. Estoy sentada en mi cama, apoyada en unas cuantas almohadas con mi portátil sobre las rodillas. Ah, y tengo un vaso de vino en la mano».

**J. Knight:** «¿Una bata de seda? Mm... ¿Bragas?».

**Yo:** «Sin bragas».

**J. Knight:** «Muy bien».

**J. Knight:** «¿Tienes algún juguete, Srta. Roberts?».

**Yo:** «¿Juguetes sexuales? Tengo un vibrador y un consolador, eso es todo. La chica de mis emails es una salvaje. Yo... bueno, sólo soy... yo».

**J. Knight:** «Ve a por el vibrador y vuelve. Te estaré esperando».

Esto se está poniendo raro. ¿Qué voy a hacer? Siento mariposas agitando sus alas en mi estómago y me encanta esa sensación. No es aprensión... es... anticipación. Voy rápidamente a los cajones que hay junto a mi cuarto de baño y vuelvo con el vibrador en la mano.

**Yo:** «Vale. Lo tengo conmigo».

**J. Knight:** «¿Estás lista?»

**Yo:** «Sí».

**J. Knight:** «¿Sí, qué?»

**Yo:** «Sí, amo».

**J. Knight:** «Sí. No lo olvides. Ahora, quiero que pongas el portátil a un lado de la cama y le quites la sábana y las almohadas. Ponlos en el suelo. Necesito que tu cama sólo tenga la sábana, nada más. Esperaré».

DE ACUERDO. Eso es fácil. Empujo la sábana y las almohadas al suelo y mi cama queda despejada. Mi portátil está a un lado.

**Yo:** «Listo, amo».

**J. Knight:** «Hm. Pequeña ansiosa, ¿verdad señorita Roberts?»

**Yo:** «Sí, lo estoy, amo. Lista para jugar».

**J. Knight:** «Pon el vibrador en medio de la cama y túmbate encima, colócalo directamente sobre tu clítoris. No dentro de ti, sino presionando contra ti. ¿Puedes hacerlo?»

**Yo:** «Sí, amo. Hecho».

**J. Knight:** «Ahora, esto es importante. Tus picrnas no deben estar abiertas. ¿Lo entiendes?»

**Yo:** «Sí, lo entiendo, amo».

**J. Knight:** «Enciende el vibrador al máximo y recuerda, tus piernas NO deben estar abiertas. Tu culo NO debe levantarse.Tus caderas NO deben moverse. Esto es difícil, lo sé».

**Yo:** «Lo estoy haciendo ahora».

Creo que puedo hacerlo. Me tumbo boca abajo, me apoyo en los codos, coloco el vibrador debajo de mí, sobre mi clítoris, encajado en mi rajita, y lo enciendo. Oh cielos… la intensidad es demasiada pero como que habla a mi cuerpo y en cuestión de segundos sé hacia dónde me dirijo. Hace que al instante quiera empujarme contra él. Ah… la cama es tan suave y al empujarme contra ella, el vibrador se hunde en la cama. Mis rodillas se abren ligeramente cuando oigo el pitido y levanto la vista.

**J. Knight:** «Las rodillas. Mantén las rodillas cerradas».

¡Ahh! ¿Cómo…? Junto las rodillas. Pero… oh… las vibraciones que recorren mi cuerpo son increíbles. Nunca había intentado montar mi vibrador en esta posición. No introducido en mí, sino como si lo follara… ahh… es difícil mantener las piernas cerradas y mi culo se eleva cada vez que mis caderas se hunden en la cama.

Mi corazón se acelera y sólo puedo pensar en mi clímax. Pero es difícil. No puedo hacerlo sin empujar bien el vibrador, separando las rodillas sobre la cama, intentando montarme a horcajadas sobre él con todas mis fuerzas, girando con las caderas hacia la rigidez, absorbiendo las vibraciones dentro de mi interior a través de mi clítoris… llegando a mi clímax. Ah… oigo de nuevo el pitido de mi portátil. Creo que pronto no podré oír nada. Apenas puedo concentrarme en él.

**J. Knight:** «No cedas, señorita Roberts. Agárrate al cabecero si puedes, mantén las piernas cerradas».

Gimo y miro hacia arriba. El cabecero de mi cama es alto. No puedo sujetarlo tumbada. Si me levanto sólo un poco, mis piernas se abrirán de golpe. Las células nerviosas de todo mi cuerpo escuecen y las siento sobre todo en mis pezones, endurecidos y alargados; ahora rozando la sábana lisa y mi bata. Sensibilizados. Ahh…

**Yo:** «Esto se siente…»

Apenas soy capaz de teclear. No puedo más.

**J. Knight:** «Ojalá pudiera verte ahora. Las partes de tu cuerpo no responden a tus órdenes y lentamente… tus piernas se abren… empujando tus rodillas hacia fuera… tú… levantando tu culo… lista para que te coja… y… ¡te folle DURO!».

Ah… cierro los ojos y hago exactamente eso… Me levanto y me agarro al cabecero de la cama, empujando contra él mientras mis piernas se abren, mis rodillas tratan de sentarse a horcajadas sobre la cama y tirando del vibrador conmigo un poco más arriba, empiezo a follarlo, rotando mis caderas sobre él, ahh… cogiéndolo todo mientras siento llegar mi puto orgasmo, mis caderas presionando más profundamente en la cama y el agujero de mi culo, medio cubierto por mi bata, está jodidamente necesitado y se abre cada vez …y esperando…ah… esperando a alguien.

La cama golpea contra la pared ahora más rápido, golpeada por mis empujones. Mis gemidos resuenan en el dormitorio… convirtiéndose en rápidos gruñidos, absorbiendo las vibraciones de mi interior cada vez más rápido mientras cabalgo… estoy enloquecida, asilvestrada…

Al oír el pitido, levanto la cabeza y leo:

**J. Knight:** «Ven por mí Srta. Roberts. ¡Ahora!».

… y las olas chocan contra mi orilla, despertándome en un orgasmo enloquecedor. Me revuelvo sobre la cama, me agito, me siento como si hubiera estado cabalgando a alguien con fuerza durante horas.

Todavía jadeando, con el clítoris dolorido por la presión contra el duro vibrador, me tumbo en la cama y giro la cabeza hacia la pantalla del ordenador; ¡se ha ido! ¡Mierda! Internet no funciona. Por mucho que tenga mi subidón ahora mismo, me siento triste. Habría sido genial si hubiera estado conectado cuando yo me corría. Habría sido perfecto. Estoy segura de que él también se estaba acariciando.

«Maldito mal momento. Tengo que hacer algo con mi proveedor de internet».

Hasta que se me encienda internet necesito más vino, creo. El sexo me ha dado sed. Cojo mi vaso de vino vacío de la mesilla de noche y voy a la cocina, abriendo una nueva botella. Oh, vaya. Me he bebido una botella entera yo sola. Y necesito más. Espero no estar convirtiéndome en una alcohólica.

Satisfecha con mi vaso lleno de vino, me tambaleo hasta el sofá y, apagando la televisión, me

bebo todo el vaso de un trago. Sé que esto me
ayudará a dormir mejor.

# CAPÍTULO 2.4

**Punto de vista de James Knight.**

Una vez en casa me dirijo directamente a mi estudio; quitándome la corbata y aflojándome unos botones de la camisa, me sirvo dos dedos de coñac. Tomando un trago del exquisito licor, cubro la silla con mi chaqueta y me hundo en el mullido cuero de mi escritorio.

Enciendo el ordenador y me doy cuenta de que hoy sí que he echado de menos esas respuestas sabelotodo de la señorita Roberts, aunque me vuelva loco con su desafío a cada paso. Me conecto a mi cuenta de Gmail y, como era de esperar, una nueva carta de mi sexy desconocida está en mi bandeja de entrada esperándome. Lo leo rápidamente y me alegro de que parezca haberse decidido sobre mi propuesta y quiera mostrarme su lado sumiso. Así que ahora estoy muy contento con eso, pero también se ha fijado en mí y me pregunta si la conozco. Ahora depende de mí: ¿evado su pregunta y le miento o confieso y le digo la verdad sobre mí?

Estoy a punto de empezar a escribir mi respuesta cuando veo que ella está en línea en ese momento, así que decido enviarle un mensaje instantáneo directamente.

***

**Yo:** «¿Srta. Roberts? ¿Estás ahí?»

Me doy cuenta de que duda en contestar.

**E. Roberts:** «Bueno... buenas noches Sr. Knight... o debería decir... buenas noches, amo...».

Ahí está, otra vez esa boca astuta. Puedo sentir cómo mi polla empieza a tensarse contra mis pantalones.

**Yo:** «Buenas noches señorita Roberts. ¿En casa el viernes por la noche?»

Intento mantener una conversación civilizada.

**E. Roberts:** «Estuve fuera, pero como la diversión se limitó sólo a mis amigos, decidí volver a casa y beber en paz».

Maravilloso, estás borracha… Quizá haya sido una 
mala idea.

**Yo:** «¿Estás borracha?»

**E. Roberts:** «No, pero lo voy a estar. ¿Por qué? 
¿Quieres acompañarme?»

**Yo:** «No, gracias. Ya he bebido bastante esta noche. 
Ya he bebido bastante».

Sigo apurando la copa de coñac que tengo en la 
mano, pero creo que prefiero a la deliciosa señorita 
Roberts para superar mi enfado con Laura.

**E. Roberts:** «Hm. No eres divertida».

**Yo:** «¿Divertido? ¿Desde cuándo beber es 
divertido?».

**E. Roberts:** «Um… ¿No lo es?»

Ahí, creo que veo mi oportunidad.

**Yo:** «¿Quieres divertirte señorita Roberts? ¿Estás 
lista para jugar? No es lo real pero seguro que nos 
acercará».

Creo que le intriga mi proposición.

**E. Roberts:** «¿Podemos jugar? ¿Ahora?»

**Yo:** «Sí, señorita Roberts, ahora. ¿Quieres jugar?»

**E. Roberts:** «Sí, vamos a jugar…. Esto se está poniendo emocionante».

Eso fue rápido, está tan ansiosa… Eso me gusta.

**Yo:** «Sí, ¿qué señorita Roberts?»

**E. Roberts:** «Sí, amo».

Joder, mi polla se estremece en respuesta a eso.

**Yo:** «Buena chica. Señorita Roberts, por favor, no te excites todavía. ¿Qué llevas puesto?»

Creo que primero necesito asimilar el ambiente de la escena.

**E. Roberts:** «Llevo puesto mi bata blanca de seda. Estoy sentada en mi cama, apoyada en unas almohadas con mi portátil sobre las rodillas. Ah, y tengo un vaso de vino en la mano».

**Yo:** «¿Una bata de seda? Mm… ¿Bragas?»

Ahh… Qué encantadora, sólo imaginarla con ese atuendo me vuelve loco… Mi respiración se acelera.

**E. Roberts:** «Sin bragas».

Mmm... Es como una cucharada de miel en mi lengua. Esas palabras saben tan bien.

**Yo:** «Muy bien. ¿Tienes algún juguete, señorita Roberts?».

**E. Roberts:** «¿Juguetes sexuales? Tengo un vibrador y un consolador, eso es todo. La chica de mis emails es una salvaje. Yo... bueno, sólo soy... yo».

Me río disimuladamente. Así que aquí está la verdadera señorita Roberts. Tenía la sensación de que estaba jugando un poco.

**Yo:** «Ve a por el vibrador y vuelve. Te estaré esperando».

Mientras ella se va, me pongo más cómodo y libero mi miembro rígido de los pantalones.

**E. Roberts:** «Ok. Lo tengo aquí».

**Yo:** «¿Estás lista?»

**E. Roberts:** «Sí».

**Yo:** «Sí, ¿qué?»

**E. Roberts:** «Sí, amo».

**Yo:** «Sí. No lo olvides. Ahora, quiero que pongas el portátil a un lado de la cama, y quites la sábana y las almohadas. Ponlos en el suelo. Necesito que tu cama sólo tenga la sábana, nada más. Esperaré».

Cojo varios pañuelos del soporte de mi cajón y me acaricio lentamente unas cuantas veces.

**E. Roberts:** «Listo, amo».

**Yo:** «Hm. Pequeña ansiosa, ¿verdad Srta. Roberts?»

**E. Roberts:** «Sí, lo estoy, amo. Lista para jugar».

**Yo:** «Pon el vibrador en medio de la cama y túmbate encima, colócalo directamente sobre tu clítoris. No dentro de ti, sino presionando contra ti. ¿Puedes hacerlo?»

Unas cuantas caricias más…

**E. Roberts:** «Sí, amo. Hecho».

**Yo:** «Ahora, esto es importante. Tus piernas no deben estar abiertas. ¿Entendido?»

**E. Roberts:** «Sí, lo entiendo amo».

**Yo:** «Enciende el vibrador al máximo y recuerda, tus piernas NO deben estar abiertas. Tu culo NO

debe levantarse. Tus caderas NO deben moverse. 
Esto es difícil, lo sé».

**E. Roberts:** «Lo estoy haciendo ahora».

Mmm, está siguiendo mis órdenes. Me agarro con 
fuerza y me pajeo más rápido. Mi respiración se 
hace más difícil.

**Yo:** «Tus rodillas. Mantén las rodillas cerradas».

Me doy cuenta de que está luchando, sé lo difícil 
que es quedarse quieta así. Soltando mi polla 
intento animarla.

**Yo:** «No cedas señorita Roberts. Sujétate al 
cabecero si puedes, mantén las piernas cerradas».

De nuevo, me pajeo con fuerza, pero luego 
aflojo la presión, manteniendo el dolor en la ingle y 
sin dejarme reventar.

**E. Roberts:** «Esto se siente…»

Sé que está cerca y mi polla también se 
sacude, tambaleándose en el precipicio de mi 
orgasmo. Sólo unas caricias más y chorrearía mi 
semen como un volcán en erupción.

**Yo:** «Ojalá pudiera verte ahora. Las partes 
de tu cuerpo no responden a tus órdenes y 
lentamente… tus piernas se abren… empujando las

rodillas hacia fuera… tú… levantando el culo… lista para que te agarre… y… ¡te folle DURO!».

Sé que ella también está al límite, porque ya no me responde, perdida en su éxtasis. Así que le doy permiso para correrse, quiero llevarla al límite.

**Yo:** «Córrete para mí señorita Roberts. Ahora».

Acabo de darle la orden de correrse y sé que está a punto de explotar, pero la conexión se corta justo después y ella sale inesperadamente de nuestro chat. Maldito ISP, probablemente acaba de perder la conexión o algo así.

Frustrado, me sacudo la polla rígida, saliéndose de mis pantalones, y con un gruñido bajo escupo mi semen en un puñado de pañuelos de papel que tenía preparados esta vez. Limpiándome, me lavo las manos en el baño y vuelvo a mi escritorio.

La señorita Roberts parece seguir desconectada, así que enciendo mi teléfono, que tenía apagado durante la cena, y veo algunos mensajes perdidos y emails de Thomas, mi informático. Uno de los mensajes estaba marcado como urgente, así que empiezo a leerlo enseguida.

***

**De:** Thomas_IT
**Asunto:** ¡Urgente! Intento de filtración.
**Para:** J. Knight
**Fecha:** 01/25 9:43 p.m.

Buenas noches, Sr. Knight,

He intentado llamarle, pero su teléfono estaba apagado señor, así que le he enviado este mensaje. Quería hacerle saber que acabamos de sufrir un reciente intento de irrumpir en los servidores de Knight House. Normalmente esto no es nada digno de mención, tratamos con miles de hackers que intentan entrar en nuestro sistema a diario. La mayoría de las veces se trata de espionaje corporativo o simplemente de diversos virus informáticos, pero hasta ahora nadie ha conseguido penetrar nuestro cortafuegos. Lo que es diferente en este intento es que el hacker también intentó violar el cortafuegos de su ordenador portátil personal en su ático, pero yo detuve el ataque e incluso lo rastreé hasta su origen.

Y hay otra cosa que puede interesarle, Sr. Knight, ¿recuerda aquella dirección de email que me pidió que investigara y borrara un correo? Resulta que existe una conexión entre este hacker y esa dirección de email. El hacker había conseguido acceder a ese email y a todo el sistema de su propietario. Pero para ello tuvo que conectar físicamente un dispositivo de clonación que registraba todos los datos que entraban y salían de esa dirección IP y enviarlos a su ordenador. Ese fue su error, porque rastreé adónde iban los datos y resulta que era un apartamento del mismo edificio.

Ahora estoy intentando averiguar a qué apartamentos pertenecen estas dos direcciones IP y quién vive en ellos. Por lo que parece, alguien está espiando a su vecina, al que usted envió accidentalmente esa carta. Y ahora está apuntando a Knight House Ltd. y a usted personalmente, señor.

He transmitido esta información a Anthony, el Sr. Knight, y tan pronto como determine los propietarios de las direcciones IP, él podrá conseguirle más información sobre estos individuos y aconsejarle sobre cómo seguir adelante.

Atentamente,

Thomas Jeremy,

IT, Knight House Ltd.

***

*Hijo de puta*. Repaso rápidamente otros mensajes y mensajes de voz y veo que Thomas ha descubierto que la dirección IP del hacker pertenece a un tal David Morello, que vive encima de la señorita Roberts.

Cojo rápidamente mi chaqueta y, saliendo corriendo por la puerta, llamo a Anthony.

«Anthony, ¿sabes por qué te llamo, verdad? Consígueme todo sobre ese capullo. Me llevo a Johnson conmigo y voy para allá ahora mismo personalmente. Nos vemos allí».

«Sr. Knight, debo aconsejarle que deje que la policía se encargue de esto...»

«Nada de policía... ¡Sabes que no me gustan las autoridades y sabes por qué! Sólo consígueme la información si no quieres venir».

Johnson es el ayudante de Anthony, joven y con ganas de ayudar. Le llamo y le explico la situación y en un instante está esperándome fuera en su coche.

La dirección está a sólo tres manzanas; no puedo creer que la señorita Roberts viva realmente tan cerca de mí. Sólo tardamos un par de minutos en llegar y contesto a una llamada de Anthony mientras conducimos. Me advierte de que el asqueroso es en realidad un delincuente sexual registrado, que ya fue capturado una vez por ser un mirón en Milwaukee, Wisconsin, puesto en libertad condicional tras tres meses de servicios a la comunidad.

Subiendo a la quinta planta le digo a Johnson que baje al sótano y desconecte la electricidad del apartamento de Morello y del pasillo desde la caja de fusibles, y que espere allí hasta que yo le diga que la vuelva a conectar. Mientras tanto, llega Anthony y tomamos posiciones para esperar a que salga de su apartamento. A través de mis auriculares bluetooth le doy a Johnson la señal de apagar las luces y éstas se apagan. No tenemos que esperar mucho antes de que oigamos maldecir desde el interior del apartamento y la puerta se abra de golpe. Anthony lo agarra rápidamente, lo sujeta por la fuerza y mantiene una mano en su boca para acallar cualquier grito. Lo duerme en segundos, arrastrándolo de vuelta al apartamento. Entro tras ellos, cerrando la puerta tras de mí.

Anthony ordena a Johnson que vuelva a encender las luces y que suba al quinto piso para vigilar el pasillo y avisarnos si viene alguien.

Tumbamos a Morello en el sofá de su salón y, mirando a mi alrededor, localizo una puerta que tiene un pesado candado. Anthony lo revisa y encuentra una llave en uno de sus bolsillos; me la entrega.

Desbloqueo la puerta y paso al interior; estoy asqueado y conmocionado por lo que veo. Todas las paredes están cubiertas de fotografías de la señorita Roberts. A lo largo de varios años, este maldito asqueroso ha acechado metódicamente, fotografiado en secreto y catalogado cada movimiento de la señorita Roberts.

Hay un escritorio con un equipo informático de aspecto serio: varios monitores LCD grandes y un ordenador portátil. Junto al escritorio hay una estantería de discos duros portátiles etiquetados por fecha y cada uno con el nombre de la señorita Roberts.

Consternado, miro los monitores y veo toda nuestra conversación de mensajería instantánea en una ventana y luego varias imágenes de lo que parece el apartamento de la señorita Roberts. Allí está ella, tumbada en el sofá, prácticamente desnuda, la botella de vino vacía sobre la mesita, el vaso vacío junto al sofá. Me revuelve el estómago, pero sé que en cuanto se me pase el shock, la rabia que hierve bajo la superficie explotará y querré despellejar vivo a ese cabrón. Observo una última cosa en un rincón de la habitación y me dan ganas de vomitar. Allí, como en un santuario, hay una vitrina de trofeos de cristal y bajo ella un estilete colocado pulcramente sobre una almohada de terciopelo. La etiqueta del cristal dice Eva Roberts. Creo que ya he tenido bastante; me trago la bilis que me sube por la garganta y salgo pitando de aquella habitación espeluznante.

Anthony está de pie en el salón, vigilando a ese psicópata dormido. Mis ojos se detienen en su forma inerte y sé que mi pálido rostro se está poniendo rojo por la rabia que ahora arde en mi interior. Aprieto los puños con fuerza y tenso la mandíbula, pero Anthony se adelanta impidiéndome el paso.

«No lo haga señor, él no vale la pena», dice mientras me entrega una llave en una cadena de plata, "Encontré esto alrededor de su cuello, creo que es una llave del apartamento de la chica, será mejor que vaya a ver cómo está, yo me ocuparé de él».

«Trae a Thomas aquí, asegúrate de revisar y borrar todo lo que hay en esos ordenadores y destruye toda esa mierda de las paredes. Lleva a este pedazo de mierda a algún lugar apartado, hazle cavar un agujero y asegúrate de que entiende que si vuelve a poner un pie en el Estado de California será enterrado en ese agujero. Después de eso llévalo a algún motel remoto y asegúrate de que se queda allí, luego llama a más tipos para que lo custodien. Mañana vendrán camiones de mudanzas y empaquetarán toda su mierda que no hayamos confiscado y lo trasladarán a algún lugar del país».

«Entendido, Sr. Knight». Anthony se pone 
en contacto con Johnson para que coja el coche y 
haga de vigía hasta que se lleve a este pedazo de 
mierda al hombro.

Bajo un tramo de escaleras y abro la puerta 
del apartamento de la señorita Roberts. Mi corazón 
late fuerte y rápido y puedo sentir la familiar 
atracción magnética en mi pecho a medida que me 
acerco a ella. Está hecha un ovillo en el sofá, 
sonriendo apaciblemente mientras duerme. Su 
perfume mezclado con el vino ataca mi nariz y 
saboreo su aroma. Meto las manos bajo su ligero 
cuerpo y la acuno en mis brazos como a una niña, 
apretándola contra mi pecho, y la llevo hacia el 
dormitorio. En un momento dado, sus ojos se abren 
momentáneamente y me mira a la cara, 
murmurando «mi ángel», antes de rodearme con 
sus brazos, acurrucando su cara en mi hombro y 
quedándose dormida. La arropo en la cama, 
rozando con mi mano su brazo mientras tiro de la 
correa de su bata hacia atrás, sobre su hombro. 
Beso la parte superior de su cabeza y la dejo dormir.

Lo último que hago antes de irme es 
arrancar las minicámaras hábilmente disfrazadas 
de objetos inofensivos que hay por su apartamento.

~ ~ ~

Final de la Parte Dos


La historia continua en Ráfaga de Deseo III

# RÁFAGA DE DESEO III

## Alexandra Iff

# Flash Burn

# CAPÍTULO 3.1

## Punto de vista de James Knight.

Anthony y Johnson se llevaron el coche a las afueras de la ciudad para darle una lección a ese pedazo de mierda. Me doy cuenta de que, en cierto modo, es un poco hipócrita por mi parte juzgarle por algo que estoy haciendo yo mismo. Ese horrible pensamiento pesa mucho en mi mente. ¿En qué me diferencio de él? ¿Es él peor porque sobrepasó alguna línea arbitraria que yo no cruzaría? Ver hasta qué punto violó su intimidad hace que yo también me sienta enfermo y asqueado de mí mismo.

No quiero esperar a nadie; el aire frío y fresco de la noche de invierno me sienta bien en los pulmones y quiero despejarme, así que empiezo a caminar hacia el edificio de mi apartamento. Unos diez minutos más tarde, estoy de vuelta en mi estudio, sentado en mi silla y mirando fijamente la página en blanco de un mensaje a la señorita Roberts, una carta que no sé cómo empezar.

***

**Para:** E. R

**Asunto:** Confesión

**De:** J. K.

**Fecha:** 01/25 10:28pm

Estimada Srta. Roberts,

Disfruté mucho de nuestra improvisada sesión de juegos de hoy. Debo admitir que, a pesar de la pérdida de conexión, alcancé mi orgasmo de forma espectacular.

Te deseo, señorita Roberts… hacerte míapor completo. No sé cómo decirte esto pero, me afectas de maneras que nunca antes supe que existían. Cada día que paso sabiendo que estás tan cerca y, sin embargo, tan lejos de mi alcance, me vuelve loco. Te deseo. Quiero protegerte, guiarte, enseñarte, mostrarte mi mundo y compartir mi vida contigo. No sé cómo irán las cosas cuando nos veamos cara a cara y nos quitemos las máscaras, pero quiero ser yo quien te muestre lo especial que puede ser este tipo de relación.

Me has preguntado si sé quién eres.

Soy un hombre conocido e influyente, pero también me gusta mi privacidad y pongo mucho esfuerzo y dinero en mantenerla. Que un mensaje como el que le envié se filtrara a Internet y se convirtiera en titular de todos los periódicos de Los Ángeles tendría algunas consecuencias desafortunadas para mi reputación. Además, como soy sinónimo de mi empresa, también afectaría a mis empleados. Así que, naturalmente, tomé medidas inmediatas para tener la situación bajo control.

Espero que no te asuste que admita que, sí, sé quién eres. De hecho, puede que tú también sepas quién soy. Durante un brevísimo momento, nos conocimos. En realidad, fuiste tú quien chocó conmigo sin darme la oportunidad de decir una sola palabra, pero sin embargo... Nos miramos a los ojos y ¿sabes lo que vi, señorita Roberts? Nada que me asuste... y mucho por lo que luchar.

No soy de sangre real, pero si eres mía, puedo ser tu príncipe oscuro que te tratará como a Cleopatra, pero te follará a menudo y duro como a una esclava.

El lunes me presentaré como es debido en Encuentros Virtuales. ¿Y tú? Tienes este fin de semana para pensártelo y decidir si alguna vez habrá un «nosotros».

Atentamente,

Sr. Knight.

***

Envío la carta y me voy a la cama. El sueño me evade durante algún tiempo y acabo dando vueltas en la cama durante toda la noche, sin tener mucho alivio en mis sueños, plagado de terrores permanentemente incrustados en mi mente…

… *«Está bajando y puedo oírle murmurar: "Esa puta estúpida se bebió la última lata de Bud… el licor también se ha acabado… maldita puta, se desmayó y ni siquiera pudo ocuparse de esas ratas pequeñas del sótano… yo tengo que hacerlo todo por aquí". Sacude a propósito la vieja cadena de la correa del perro que utiliza para pegarnos y grita bajando las escaleras del sótano. "Vale, sucias zorras, ¿quién necesita una buena paliza? Papá está bajando para daros un poco de amor… «escupe y arrastra las palabras por su sucia boca y yo no puedo soportarlo más»…*

Paso algún tiempo con mi familia durante el fin de semana. Juego unos cuantos partidos de tenis con el hombre al que en realidad me enorgullece llamar papá, Peter Knight: él me salvó la vida. Sin su ayuda, lo más probable es que hubiera acabado en el correccional. Sin embargo, le debo algo más que mi libertad. Apenas podía creer mi buena suerte cuando él y su esposa, mi madre, Carol, decidieron adoptarme. Me llevaron a su casa y me quisieron como a su propio hijo. Dicen que les recuerdo a él. Leo. Leo murió de leucemia a los siete años. Nadie pudo salvarlo. De alguna manera, siempre me sentí indigno de su amor. Quizá fue eso lo que me impulsó tanto a triunfar en los negocios; quería ser digno de mis padres. Tras mi adopción, me dieron su apellido. Dejamos Nueva York y nos mudamos a Los Ángeles, para que pudiera empezar de cero y olvidar todo lo sucedido. Si sólo fuera así de sencillo... Lamentablemente, las pesadillas tienden a quedarse contigo, vaya donde vaya...

Los sábados por la noche cenamos juntos. Es como una tradición; incluso Pamela, mi hermana menor, que ahora tiene diecisiete años, no puede perdérsela. Parece que hace sólo cinco años yo era todo su mundo; ahora prefiere estar todo el día en su página de Facebook o navegando por las últimas colecciones de moda en la página web de algún diseñador. Por supuesto, ella siempre sabe cómo mostrar su amor por su «tarjeta de crédito andante» de hermano cuando quiere un nuevo par de zapatos o el último iAlgo.

El domingo tengo una sesión con mi entrenador de Krav Maga y luego unas horas de relajación y masaje en el spa. Por la tarde saco el barco para navegar tranquilamente y el resto del día pasa rápido trabajando y buscando nuevos proyectos para la semana que viene.

Ha llegado el lunes por la mañana y esta noche mis sueños son sobre todo con la señorita Roberts. La he echado mucho de menos durante el fin de semana. Mi equipo de seguridad ha informado de que han reubicado al vecino pervertido y me siento un poco mejor sabiendo que se ha eliminado una amenaza potencial para la señorita Roberts. Por supuesto, el asqueroso casi se mea encima cuando tuvo que cavar el hoyo y, si su vida no era suficiente incentivo para mudarse, la generosa gratificación por traslado seguro que lo era.

Cuando llego a mi trabajo me entero de que ya se han impreso las invitaciones para el baile. No puedo aguantar más la agonía por mis suspiros por la señorita Roberts y decido presentarme a mis nuevos empleados y también a ella. Creo que tienen derecho a saber que compré la empresa hace unas semanas y les aseguro que no hay motivo para el pánico, ya que sus puestos están a salvo. De hecho, incluso estoy pensando en ampliarla y quizá contratar a algunas personas más para que les ayuden…

El trayecto vuelve a ser relativamente corto y de camino llamo a la gerente para pedirle que reúna a todos los empleados en la gran sala de conferencias para un rápido encuentro y un recibimiento.

Entro en la sala y muchas miradas se fijan en mí, pero las que busco están desgraciadamente ausentes. La señorita Roberts parece estar en otra parte. Quizá haya elegido precisamente hoy para llegar tarde al trabajo. *¿Y si no quiere conocerme?* Voy presentándome y estrechando la mano de mis valiosos nuevos trabajadores y deseándoles lo mejor. Tras mis presentaciones, y algo decepcionado, salgo de la sala de conferencias por la puerta trasera, a través del corto pero sinuoso pasillo, utilizando el camino más corto para llegar a mi coche en el exterior. Parece que nadie más utiliza esta salida porque lleva directamente al aparcamiento del edificio contiguo.

Justo cuando estoy a punto de doblar la esquina del pasillo, alguien se abalanza sobre mí como un rayo. Un montón de páginas de varios documentos se esparcen por el suelo y ambos nos agachamos para recogerlas. «*¡Oh, mierda!* Lo siento mucho, no esperaba ver a nadie aquí...» murmura la mujer cogiendo la misma hoja de papel que yo. Cuando nuestras manos se tocan, siento la misma carga energética que la última vez que estuvimos tan cerca.

Ella se congela momentáneamente y luego levanta la cabeza para mirarme a la cara, sus ojos atraviesan mi alma, sujetándome con una fuerza invisible. Veo que su respiración se acelera y sus mejillas enrojecen. Sus ojos se abren de par en par y su boca se abre por un momento..

«...Eres tú...»

«¿Yo...? Es a ti a quien estaba buscando...»

Rompe el contacto visual y ahora está nerviosa recogiendo rápidamente las hojas caídas y apilándolas en sus brazos. Le paso el resto de las hojas mientras nos levantamos; ella no me está mirando a mí, sino a sus pies.

«Srta. Roberts, me gustaría presentarme ante ti. Por favor, mírame».

Ella levanta lentamente la cabeza, mirándome a través de sus pestañas.

«Me llamo James Knight. Es un placer conocerte por fin».

Ella me mira fijamente, aturdida.

Nuestros ojos brillan de lujuria y me inclino hacia delante, capturando sus labios con los míos. Mis dedos se enredan en su pelo, acunando su cabeza mientras la beso.

Los papeles resbalan por sus brazos inertes y vuelven a caer al suelo junto con su bolso, pero esta vez nadie se agacha a recogerlos y yacen amontonados a sus pies…

Ella sale rápidamente de su estupefacción y aprieta con las manos mi camisa, resistiéndose a mí y, al mismo tiempo, tirando de mí para acercarme. La empujo hacia la pared trabando su cuerpo contra ella con el mío; mi pelvis choca contra la suya mientras mi lengua se desliza sobre su labio inferior y ella separa la boca para mí. Ambos gemimos en la boca del otro mientras nuestras lenguas comienzan su veloz y hambrienta baile. Ella ha dejado de forcejear y disfruta de las sensaciones. Sujeto su cuello con la mano y giro su barbilla hacia un lado, rozando con mis labios desde su garganta hasta su oreja y le susurro: «No tienes ni idea de las ganas que tenía de hacer esto la última vez que te tropezaste conmigo. Quiero follarte, señorita Roberts. ¡Ahora!»

Estoy jadeando, intentando controlar la respiración; ella también lo desea, puedo sentirlo…

Deslizo las manos por los costados de su cuerpo, al tiempo que me arrodillo ante ella y le subo las manos por los muslos, bajo la falda, mientras le arranco las bragas con un movimiento fluido. Está apoyada contra la pared paralizada por lo que está ocurriendo pero, sin embargo, levanta los pies, permitiéndome deslizarlos fuera de ella. Rápidamente las saco con la palma de la mano, mirándola a los ojos mientras me las meto en el bolsillo. Recogiendo los papeles caídos y su bolso, me levanto del suelo y se los entrego.

Con las manos rígidas ella los coge, abrazándolos contra su pecho y casi conteniendo la respiración, esperando mi siguiente movimiento.

«Ven», le digo poniendo mi mano en la parte baja de su espalda, guiándola hacia la salida.

Le mantengo la puerta abierta y ella sube a mi coche, todavía aferrando el manojo de papeles contra su pecho, aferrándose a ellos como a una especie de salvavidas. Doy la vuelta y subo a su lado. Anthony se sorprende al ver que no estoy solo.

En el coche, la tensión es evidente; ella está sentada en el borde del asiento, las rodillas apretadas apuntando hacia mí, las piernas metidas debajo del asiento. Está tensa, mirándome.

«Espero que tengas hambre», le digo para tranquilizarla y decirle que no la estoy secuestrando.

Le quito los papeles y los dejo a un lado; deslizándome hasta el asiento del medio, le rodeo la cintura con los brazos y tiro de ella hacia el asiento, abrochándole el cinturón. Luego me abrocho yo y le doy a Anthony las indicaciones para ir al Coldwater Bar & Grill.

Durante el trayecto, mi mano derecha se apoya en su rodilla y comienza a deslizarse por su muslo. Ella aprieta las piernas con fuerza y se muerde el labio, moviendo nerviosamente los ojos entre mi cara, mi mano y el espejo retrovisor. Me inclino cerca de su oído y le susurro: «¿Eres tú, señorita Roberts? ¿Dónde está la chica salvaje de esos emails?».

Le mordisqueo la oreja y ella se estremece de placer, relajando sus piernas tensas y dejándome deslizar la mano entre ellas. Pero tengo que parar cuando el coche se detiene en la entrada de las torres redondas gemelas del lujoso hotel Westin, donde se encuentra el restaurante. Me desabrocho el cinturón y salgo, rodeando el coche y abriéndole la puerta. Le tiendo la mano y ella consigue salir con mucha elegancia, alisándose la falda para no mostrar accidentalmente demasiada piel y sin bragas.

El restaurante tiene un aspecto moderno y elegante con una iluminación tenue; los colores café, crema y gris dominan el espacio; mesas redondas cubiertas con manteles de lino blanco están repartidas entre altas columnas redondas. Todo resulta muy acogedor y elegante. No hay muchos comensales a esta hora, pero cuando la anfitriona se acerca a nosotros y me reconoce inmediatamente, le pido un comedor privado.

Nos lleva a la parte apartada del restaurante; el comedor privado tiene dos mesas y sofás de cuero blanco para tumbarse. Nos sientan en una de las mesas y le pido a la camarera que nos traiga café y unas tortitas con sirope de arce y nata montada.

«¿Has desayunado esta mañana, Srta. Roberts?»

Ella niega con la cabeza, sin decir nada, pero mirándome a la boca y respirando deprisa. Supongo que tiene ganas de algo más. Mis labios se curvan de placer.

«¿O prefieres que te incline sobre esta mesa y te folle primero, hm? ¿Te suena mejor?»

Se sonroja más y su respiración se entrecorta, baja la cabeza y me mira a través de las pestañas.

Llega nuestro desayuno, interrumpiéndola y, después de que todo está servido, el camarero nos deja solos. Pido que no me molesten.

«Entonces, ¿vas a comer algo ahora o tengo que follarte primero?».

«Umm... creo que me apañaré con un café con crepes», responde sonrojada.

Se lame los dedos mientras el sirope de arce se derrama sobre las tortitas de su plato y... la forma en que abre la boca... podría meterle la polla tan fácilmente. Mojo el dedo en la nata montada y se la doy. Ella chupa la espesa nata, enviando cosquilleantes sensaciones directamente a mi entrepierna. Se siente celestial.

Eso es.

Me levanto de la mesa y camino hacia ella, apartando su silla para que pueda levantarse también.

«No puedo esperar más. Date la vuelta para mí, señorita Roberts», le ordeno y, mientras ella lo hace, me aflojo la corbata y me la quito.

Está de pie junto a mí y veo que su respiración se acelera.

Deslizo mi corbata sobre sus ojos, cegándola. Mis manos se deslizan por su espalda, pasándole los dedos por encima y luego acariciando su culo respingón antes de bajar hasta sus muslos.

Enganchando el dobladillo de su falda, mis dedos la levantan hacia arriba, revelando su culo perfecto.

«Quiero que tu dulce culo esté caliente y rosado y tu coño gotee tu néctar antes de que deslice mi polla dentro de ti». Le susurro mientras me inclino cerca de ella.

Ella traga con fuerza; su respiración es superficial, casi se estremece contra mí. Meto la mano en su pelo y tiro de él, acercando su oreja a mis labios. «¿Te parece bien, señorita Roberts?». Le acaricio la oreja con mi susurro.

Ella jadea; reprimiendo un gemido me responde: «Sí, amo...».

«Buena chica».

La llevo hasta la otra mesa vacía y la inclino lentamente sobre ella, con el culo levantado, revelando su delicioso culo redondo y su coño empapado.

Mis manos acarician sus nalgas por todas partes y luego las abofetean de forma imprevista.

Ella jadea ante el repentino contacto, pero luego gime. Lo hago de nuevo, y sus gemidos son más largos. La próxima vez que la abofeteo me aseguro de llegar a su coño. Ella suelta un largo gemido carraspeante al tocarla brevemente y su respiración se vuelve superficial; puedo ver cómo mueve las caderas. Además, mi mano cae sobre su culo alegre, el sonido es como música para mis oídos, cada bofetada seguida de su gemido. Sus mejillas brillan ahora de un rosa intenso, irradian calor, tienen un aspecto delicioso.

Me arrodillo; con las manos le abro las nalgas e introduzco mi lengua y mis labios en su dulce coño. Mi polla se estremece mientras ella gime sorprendida; la siento palpitar y estremecerse.

Deslizo suavemente mis dedos índice y corazón dentro de ella, enroscándolos; está gimiendo con fuerza y sus piernas empiezan a temblar, sus rodillas quieren doblarse mientras meto mis dedos más profundamente, sacudiéndolos más deprisa, y mi lengua lame alrededor de su ojete mientras ella se corre, gloriosa, gritando una retahíla de palabras ininteligibles.

Le tiemblan las piernas y le tiembla el cuerpo; jadea con fuerza, intentando regular su respiración, pero justo cuando está bajando de su oleada de placer, me desabrocho los pantalones y arranco un envoltorio de preservativo para luego enrollarlo en mi tensa polla.

De un profundo empujón estoy dentro de ella, sacudiéndola hacia delante y haciéndola jadear una vez más. Agarrándome con fuerza a sus caderas empiezo a embestirla, enterrándome profundamente en su apretado coño.

«Te siento tan bien... tan apretada», gimo, mientras mis pelotas y mis muslos golpean su culo cada vez que empujo dentro de ella. Agarro sus muslos con las manos y tiro de su culo hacia mí, encontrándose con mis empujones. Grita cada vez que empujo dentro de ella, siguiendo gloriosamente mis gruñidos.

Cojo su pierna derecha y doblándola por la rodilla la subo a la mesa.

«¡Oh, joder! Estoy tan cerca... Quiero que te corras para mí otra vez, señorita Roberts», gruño a través de mis dientes apretados mientras me introduzco más rápido en ella.

«Ooohh...Yo...Me...Corro...¡Ahhh!», maúlla.

Doy unos cuantos empujones profundos más y, con ella contrayéndose a mi alrededor, exploto dentro de sus profundidades...

# CAPÍTULO 3.2

## Punto de vista de Eva Roberts.

Es sábado, el sol radiante atraviesa mis cortinas pero no dejo que eso me engañe, ya puedo sentir el frío y la frescura de la mañana.

Sintiendo el calor de mi cama, estoy saciada…y dolorida. Oh… sí… dolorida. Me viene a la mente mi encuentro virtual y sonrío para mis adentros. Nunca me había tirado así a un vibrador. De hecho, nunca había follado nada así. Libre de todas las ataduras, sin nadie que me juzgara, estaba montada en ese objeto rígido.

Me siento bien, sin pesadillas pero… he tenido un sueño rarísimo. Mi hombre misterioso, el que me arruinó la noche ayer, me llevaba a la cama.

Mmm.... ese fue un buen sueño. Cierro los ojos, recordando.... *¡Espera!*

Presa del pánico, me incorporo, dándome cuenta de que estoy en mi cama. Miro a mi alrededor y no estoy segura de lo que busco. No hay nadie más en mi dormitorio. Todo está como lo dejé. Casi podría jurar que me quedé dormida en el sofá. Me gusta dormir en el sofá. ¿Por qué aquí? ¿Por qué he venido a la cama? ¿Alguien me ha llevado a la cama? Me levanto y voy al salón. No hay nada perturbado. Probablemente esté en mi mente, pero, ¿por qué? ¿Qué me ha hecho venir a la cama?

En mi sueño, mi ángel me recogía del sofá y me llevaba a la cama. Casi flotaba en el aire. Y me sonreía. *¿Qué significa, me pregunto?*

Enciendo la cafetera y mientras se está preparando voy a mi dormitorio y cojo el portátil. Quiero ver si mi Internet ha vuelto a funcionar. Ayer la línea se desconectó en un momento inoportuno. Supongo que fue un mal momento.

Después de servirme una taza de café me 
siento en el sofá, donde se suponía que iba a 
dormir, metiendo las piernas debajo de mí. Miro a 
mi alrededor y empiezo a beber lentamente. El café 
está bueno. Es lo que necesito después de una 
noche de beber en solitario. Ah, y de follar, 
supongo.

Al abrir mi portátil, veo que la conexión de 
red inalámbrica vuelve a estar encendida. 
Estupendo. Abro mis emails y ahí está: un email del 
Sr. Knight. Y estoy realmente emocionada. Es mi 
hombre de apoyo, después de la gran decepción de 
anoche.

¿Eh? En el asunto veo la palabra confesión. 
¿De qué se está confesando? Empiezo a leer el 
email y lo primero que encuentro es su afirmación 
sobre una eyaculación espectacular. Qué bien. Eso 
me gusta.

Sigo leyendo y ah, la forma en que me 
habla... me desea. ¿Quién no querría a alguien 
como él? ¡Ah! ¿Me conoce? ¡Y ....no! ¡No! ¡No es 
posible! ¿Cuándo nos hemos visto? ¿Me he

tropezado con él? Pero, la única persona con la que recuerdo haberme chocado es mi chico misterioso. ¡El que vi ayer! ¡No puede ser él! Tenía novia o esposa cuando le vi. Justo cuando ese pensamiento cruza mi mente, mi corazón se hunde. No, no puede ser él. Entonces, ¿con quién me encontré recientemente? No puedo recordarlo. Mi hombre misterioso se llevó mi memoria con él... No recuerdo a nadie con quien me haya relacionado últimamente.

Se me presentará el lunes. Dios mío... ¿estoy hiperventilando? ¿Deseo que este encuentro virtual se quede sólo en eso? Todo cambiará. De momento es la persona más maravillosa del mundo, pero en cuanto le conozca todo saltará por los aires. Todo lo que he imaginado sobre él quedará desechado por mis ideas preconcebidas. Es un hombre influyente. ¿Y qué? ¿Vendrá en un caballo blanco y será mi príncipe?

¿Quiero conocerle? No quiero. O sí. No sé... tengo hasta el lunes. Dos días.

Cierro el portátil y bebo mi café. Pienso. No estoy segura de en qué estoy pensando. *¿Qué estoy haciendo?*

Sólo era miércoles cuando empecé a escribir estos emails y ahora... ahora tengo la perspectiva de una relación BDSM en toda regla. No introduciéndome en el estilo de vida, sino metiéndome de lleno en él. *Joder, ¿tienes miedo, Eva?*

Creo que lo tengo. Estoy cagada de miedo. Siempre me he sentido un poco diferente y si cierro los ojos y pienso, los azotes no me harían daño sino que me mojarían. Mm, lo haría, me encantaría probar y ver hasta dónde puedo llegar. Sin embargo, no es eso, no es el dolor, creo que sí me gusta el dolor. Quiero decir, a todo el mundo le gusta hasta cierto punto pero... la sumisión, no sé lo que es. Cómo se siente. Es algo que necesito aprender pero, ¿cómo se aprende la sumisión? Tendrá que ser un hombre muy poderoso para hacerme someter. Incluso entonces, no estoy segura.

Tengo hasta el lunes.

Termino mi café y miro la hora, las diez de la mañana.

Mi sesión de gimnasia me hace sentir mejor, de hecho, extasiada por el lunes, pero luego, más tarde, cenando con mi muy buen amigo, Matthew, a quien conozco desde el instituto, me siento abatida. Matthew y yo somos amigos íntimos desde hace mucho tiempo y es natural que le hable de mi misterioso encuentro virtual y de los emails. Se pasa la mayor parte de nuestra cena leyéndolos en mi teléfono y estoy segura de que puedo ver un bulto en sus pantalones. Siendo gay sé que eso no debería pasar, pero cuando le pregunto, su defensa es: «El sexo es el sexo, Eva».

Nuestra noche acaba en desacuerdo. Ser sobreprotector es una cosa, pero odio cuando es tan condescendiente. ¿Él puede tener sexo con alguien que acaba de recoger de un club en un callejón y yo no? «Es peligroso... podría ser un asesino», dice. Bueno, soy lo suficientemente mayor como para tomar mis propias decisiones, pienso. Acabamos teniendo una acalorada discusión, alimentada por las dos botellas de vino, y sin encontrar una solución al final, nos vamos a casa.

Es domingo cuando me doy cuenta de que David no ha venido a verme. No es que le eche de menos, pero es extraño. Siempre está por aquí de una manera espeluznante. Nunca he ido a su apartamento y, como buena vecina que soy, quiero comprobar cómo está. Subo y llamo a la puerta. No hay nadie en casa. La Sra. Dempster, la vieja viuda del otro lado del pasillo, abre la puerta y me dice que se ha mudado. Alguien vino en mitad de la noche del viernes y al día siguiente ya se había ido. ¿Se mudó? Qué extraño. ¿Cómo puede alguien mudarse tan rápido? ¿A menos que estuviera huyendo o algo así? Huh…supongo que por muy cercanos que creamos estar, no se puede conocer realmente a la gente.

Llega el domingo por la tarde y aún no he contestado al Sr. Knight. No sé qué decirle. Supongo que tengo ganas de conocerle pero aún no estoy segura. Bueno, sí quiero conocerle pero no estoy segura de si alguna vez habrá un «nosotros».

¡No puedo responder a eso! Necesito verle primero. Todo está bien por email, pero ¿y si es un empollón bajito y regordete que sólo quiere echar un polvo? Además, creo que ya estoy enamorada y no estoy de humor para nadie más. Aunque sé que mi amor ya está condenado. Mi hombre misterioso estaba con una novia, pero, de nuevo, mi corazón no escucha a mi cabeza. Hay una pizca de esperanza de que ese sea mi Sr. Knight. He intentado recordar con quién me he cruzado y es la única persona que me viene a la mente. Será la única persona con la que sueñe durante una cita con mi Satisfyer durante mucho tiempo a partir de ahora.

El lunes llega demasiado pronto. En toda la conmoción por el Sr. Knight olvidé que mi coche no está aquí. Lo dejé en el trabajo el viernes. ¡Argh! Normalmente David estaría aquí para ayudarme; era así de apañado, pero ¿ahora? Llamo a un taxi mientras me visto rápidamente, mi vestuario habitual, una falda gris hasta la rodilla de oficina, camisa blanca y una chaqueta de traje entallada gris. Me pongo los tacones de aguja y estoy lista. Oigo el taxi; ya está aquí, tocando el claxon, impaciente como siempre.

Tengo en mente que tengo en el coche esos contratos que sé que Catharine, mi jefa, está esperando esta mañana. Llego tarde y mi trabajo no está hecho. *¡Bien hecho, Eva!*

Pido al taxi que me deje en la esquina, junto a Encuentros Virtuales, para acceder al aparcamiento del edificio contiguo, donde está mi coche. Recojo los papeles del asiento trasero y, Dios mío, qué pesados. Tan rápido como puedo, entro por la puerta de salida trasera del edificio, dirigiéndome directamente a la sala de conferencias. Nadie utiliza este pasillo y en unos instantes estaré en mi escritorio. Intentando equilibrar mi bolso y los documentos, corro con todas mis fuerzas, sabiendo que sólo llegaré cuarenta minutos tarde.

Mi mente va a toda velocidad, ya está haciendo varias cosas a la vez y, no veo nada delante de mí cuando de repente me golpeo contra alguien y todo lo que tengo en las manos salta por los aires y luego se esparce por el suelo.

«*¡Oh, mierda!* Lo siento mucho, no esperaba ver a nadie aquí...»

Sin mirar siquiera a quién me disculpo, me arrodillo para recoger rápidamente mis cosas. Con quien me he tropezado intenta ayudarme, bajando conmigo y recogiendo los papeles. Bueno, al menos lo intenta... pero cuando accidentalmente cogemos la misma hoja y mi mano toca la suya, siento la electricidad... una especie de vibraciones. Retiro la mano de la descarga, segura de que es la estática del suelo y levanto la vista. Y, le veo. *A él*. Mi sueño. No puedo moverme. Es él. Me tropecé con él el jueves. Sus ojos oscuros no me dejan ir y me siento... hipnotizada.

«...Eres tú...» Le oigo decir.

¿«Soy yo...?» Es a ti a quien buscaba...

¿Qué ha dicho? ¿Puede ser...? No puede ser. Yo... no puedo dejar de mirarle a los ojos... y a la boca... y... Se me seca la garganta y trago saliva. Al volver a entrar en el mundo real, reúno las fuerzas suficientes para cortar el contacto visual, recojo rápidamente el resto de los papeles del suelo y me levanto, asegurándome de que mi mirada está lejos de él.

«Srta. Roberts, me gustaría presentarme ante ti. Por favor, mírame».

Mi corazón late tres veces más rápido de lo que debería y siento la adrenalina bombeando, yendo directa a mi sangre, dejando mi cuerpo en temblores. Obedezco, levanto la cabeza y le miro, aterrorizada por lo que pueda decir.

«Me llamo James Knight. Es un placer conocerte por fin».

Ya está. Definitivamente, mi corazón dio un vuelco. O dos. ¿Acaba de decir James Knight? ¿Mi amo virtual es mi... elegido? ¿El que me dolía en el corazón el viernes? Esto no puede ser real. Cosas así sólo pasan en las películas, no en la vida real. Y no me atrevo a preguntar. No quiero romper el hechizo de este... este cuento de hadas. Es el hombre más hermoso en el que he puesto los ojos...

sus suaves labios ah… no, por favor no… por favor no te acerques tanto… ahh…

Cierro los ojos y él me sujeta la cabeza con la mano, acercándome a sus labios. Ni siquiera me doy cuenta cuando lo vuelvo a tirar todo al suelo, aunque su sonido me devuelve a la realidad. Estoy pegada a la pared, siendo besada por este dios y me estoy volviendo loca…. ¡Lo deseo! Le devuelvo el beso con todo lo que tengo, todo mi cuerpo responde al suyo. Mis caderas se mueven, lo quiero dentro de mí. *¿Qué me está pasando?*

«No tienes ni idea de las ganas que tenía de hacer esto la última vez que te tropezaste conmigo. Quiero follarte, señorita Roberts. ¡Ahora!»

Su voz es tan oscura pero no tengo miedo. Este hombre ha hecho que mis fluidos se desborden. Me estoy volviendo loca; mi entrepierna cuenta una historia por sí sola… *¿va a follarme?* Quiero que lo haga… *¿qué está haciendo?* Sus manos me manosean bajo la falda, mis piernas quieren abrirse y, *¿va a por mis bragas?* Cuando se acerca me devuelve los contratos y yo… no puedo evitar jadear. Siento que voy a correrme pronto, sólo con mirarle....

«¡Ven!», me pone la mano en la parte baja de la espalda y me guía hacia la salida.

¿A dónde vamos? *¿A dónde vamos? ¿Con quién estoy hablando? Eva... Eva... ¿Estás a salvo?* Oigo hablar a mi madre pero... ¿me fío sus ojos oscuros? Lo estoy, me siento segura.

Subimos a su coche y todavía estoy cachonda y necesitada; ¿quizás tengamos sexo aquí?

«Espero que tengas hambre», le oigo decir.

Me tira de nuevo al asiento, junto a él, y me quita los papeles de las manos, dejándolos a un lado. Espero su próximo movimiento; la anticipación me está matando. Su mano está en mi rodilla y rezo para que la deslice por mi muslo y... lo hace. Estoy tan caliente que podría follármelo aquí, pero debo concentrarme. Tengo las rodillas apretadas y me muerdo el labio nerviosamente; siento que me está leyendo la mente.

«¿Eres tú, señorita Roberts? ¿Dónde está la chica salvaje de los emails?».

Cierro los ojos y mis piernas se abren, invitando a su mano a entrar, subiendo hasta mi...*¡argh!* El coche se detiene y me trae de vuelta. Ha sido un trayecto muy corto. Una vez fuera, me hacen pasar a un lujoso restaurante de un hotel de lujo. En lugar de una mesa, nos muestran una habitación privada. Estoy segura de que ahora follaremos.

«¿Has desayunado esta mañana, señorita Roberts?», me pregunta finalmente después de pedir la comida. Un poco tarde, pienso.

Sacudo la cabeza. ¿Dónde está mi voz? Me limito a mirarle. Raptada. Hipnotizada, mirándole fijamente a él y a sus suaves labios... Quiero decirle que estoy lista para follar.

«¿O prefieres que te doble sobre esta mesa y te folle primero, hm? ¿Te suena mejor?»

¡Ah, sí, sí! ¿Podré decir alguna vez que quiero que mc incline y me folle?

Antes de que diga nada, llega el desayuno. La comida tiene un aspecto tan delicioso que al instante me entra hambre. Llevo casi un día sin comer y de repente me muero de hambre.

«Entonces, ¿vas a comer algo ahora o tengo que follarte primero?».

«Umm… creo que puedo apañarme con un café con crepes», pronuncio mis primeras palabras.

Intento echar sirope de arce sobre mi crepe pero hago un desastre y rápidamente, me chupo el sirope de los dedos, consciente de sus ojos clavados en mí. Mirándome intensamente, moja su dedo en la nata montada y se acerca a mis labios. Lentamente, cojo su mano y empiezo a lamer, a chupar sus dedos y a empaparme ahí abajo, donde me faltan las bragas.

De repente, se levanta de la mesa y viene hacia mí: «¡No puedo esperar más! Date la vuelta para mí, señorita Roberts». Me aparta la silla, haciéndome levantarme también.

Hago lo que me dice. Me venda los ojos con su corbata. Es suave y sedosa. Sus manos... Sus manos se deslizan por mi cuerpo, levantándome la falda, dejando al descubierto mi trasero desnudo.

«Quiero que tu dulce culo esté caliente y rosado y tu coño gotee con tu néctar antes de deslizar mi polla dentro de ti».

¿Sabe que estoy temblando? Mi respiración ronca me delata sin duda. Su mano se enreda en mi pelo y siento que tira de mí con fuerza, acercándome a él.

«¿Te parece bien, Srta. Roberts?»

«Sí, amo...»

«Buena chica».

Me inclina sobre la otra mesa, la que no tiene comida y mi culo se levanta; mi coño está casi goteando. Siento su mano sobre mis nalgas y, joder, ansío su tacto...

«Ahh….» *¿Qué ha sido eso?* ¡Me ha dado una bofetada! ¡Con fuerza!

Y luego otra vez, y gimo. No me habían abofeteado antes; es punzante pero… bueno. ¿He perdido la cabeza? ¿Estoy tan desesperada por un polvo que dejaré que este dios me abofetee para su placer? La siguiente bofetada la siento sobre mi coño.

«Ahh…» *Se siente tan bien.*

Sus manos están bajando sobre mí, separando mis mejillas y su lengua está, ah, dentro de mí, lamiendo. Necesito esto, ¡joder! Me oigo gemir, ¡fuerte! ¿Dónde estaba mi voz antes? No podía decir ni una palabra hace un minuto y ahora… Ahora me estoy corriendo. Necesitaba esto, tan diferente, joder, sus dedos…

«Ah…ah….maldita sea…Ahhh..»

Me tiemblan las piernas y ya no puedo seguir cuando le oigo desabrocharse el cinturón y quitarse el botón. Un preservativo me indica que me la va a meter dura y antes de darme cuenta lo siento; su polla grande y dura me está penetrando lentamente por dentro, llenándome hasta la coronilla. Me golpea con fuerza sobre la mesa, haciendo que mi mundo se mueva con sus empujones, agarrándose a mis caderas.

«Te siento tan bien… tan apretada…»

Con cada gruñido me la mete más fuerte y en el momento en que levanta una de mis rodillas sobre la mesa, me vuelvo loca; siento mi coño contraerse y a él, convulsionándose dentro de mí…

«Oh, joder… estoy tan cerca… quiero que te corras para mí otra vez, señorita Roberts».

Y me corro otra vez, joder, dos veces en cuestión de minutos, con él, juntos en ese camino hacia el cielo a través del Jardín del Edén.

«Ooohh…Yo…Me…Corro…Ahhh…».

Estoy tumbada sobre la mesa, doblada y aún jadeando por el sexo jodidamente increíble que acabamos de tener y me da vergüenza decir algo. Cojo la venda y la empujo hacia arriba,

entrecerrando los ojos por la luz. Él sigue 
sujetándome las caderas, con los ojos cerrados y la 
cabeza echada hacia atrás, disfrutando de las 
secuelas de su orgasmo. A mi me encanta.

Su cuerpo es increíble. Su enorme polla 
sigue dentro de mí. Tuve sexo con mi Amo virtual y 
ya no es tan virtual. ¿Y cuánto tiempo hace que le 
conozco? Ni siquiera 5 minutos.

Abre los ojos, mirándome fijamente, y yo 
me pongo colorada. Con una pequeña sonrisa de 
satisfacción en la cara, se aparta, sujeta con cuidado 
el preservativo y, haciendo un nudo, lo tira en una 
de las pequeñas papeleras que hay a un lado de la 
habitación. Al volver, se abrocha el cinturón 
mientras yo me levanto y, al darme cuenta de que 
aún me faltan las bragas, le miro.

«¿Las buscas?»

Están en la palma de su mano, todas 
arrugadas de estar en su bolsillo.

«Eh... sí, gracias».

Me las pongo lo más rápido posible y con la falda bajada y enderezada volvemos a nuestra mesa, mirando la comida que tenemos delante.

«Espero que se te haya abierto el apetito, Srta. Roberts. ¿Zumo?»

Asiento con la cabeza y miro el vaso que tengo delante mientras me sirve, sintiendo sus ojos clavados en mí. Observando cada uno de mis movimientos.

«¿Vas a decirme algo, Srta. Roberts?», sonríe, entretenido.

«Sí, por supuesto». *¿Qué le digo?* «Es sólo que… no he hecho nada como esto antes».

Me miro los pies. Estoy muy avergonzada.

«Te creo».

«Y… no sé qué decir».

Levanto la cabeza y, sin más, me agarra fijamente y no puedo moverme. *Debería ser más fuerte que esto.*

«¿Hay algo que *quieras* decir, Srta. Roberts?»

«Yo… lo he disfrutado».

Dios, sé que me estoy sonrojando otra vez y miro a mis pies, intentando ocultar mi cara.

«¿Nosotros teniendo sexo sobre la mesa? ¿Tú agachada y yo follándote? ¿Es a eso a lo que te refieres?».

Bajo la barbilla hacia mi cuello y asiento con la cabeza.

«Señorita Roberts. Mírame».

No quiero hacerlo. Pierdo mi identidad cuando le miro a los ojos. Pero, su voz es tan dominante, imponente, entrando en mi cuerpo a todos los niveles y levanto lentamente la cabeza, permitiéndole que me posea de nuevo, sin juzgarme.

«Vas a tener que empezar a hablarme pronto, lo sabes, ¿verdad?».

«Sí», suspiro. «Es sólo que todas las normas de la sociedad me dicen que debería avergonzarme por lo que hice pero... realmente lo disfruté», digo en voz baja.

«Entonces deberíamos volver a hacerlo», sonríe.

Sonrío por la broma que acaba de hacer y puedo ver en sus ojos que está complacido.

«Come ahora, señorita Roberts. Hablaremos más tarde».

«¿Puedo hacerte una pregunta personal?»

«Por supuesto, adelante».

Se detiene y ahora más que nunca me clava los ojos, esperando a que empiece a hablar.

«Te vi el viernes con alguien».

«¿Lo hiciste ahora?»

«Ella te llevaba de la mano y, bueno, no puedes decirme que no eras tú..»

«Sí, era yo. Te aseguro que es sólo una amiga mía. Me gustan mucho las relaciones monógamas, señorita Roberts. ¿Y a ti?»

«A mí también». Me siento unos veinte kilos más ligera. Esa piedra que me pesaba era realmente pesada.

«¿Es una sonrisa lo que veo en tu cara, señorita Roberts?».

Le hago un gesto satisfactorio con la cabeza y, contento con mi respuesta, se zambulle en la comida.

Miro mi plato y justo antes de empezar a comer, suena mi móvil. Inmediatamente, sé que estoy en problemas. Me esperan en el trabajo y no les he llamado para decirles que llegaré tarde. En lugar de eso, he decidido seguir a este desconocido hasta el lugar sin retorno.

«Eva, ¿eres tú?» se oye una voz chillona desde el teléfono.

«Sí, Catharine. Lo siento, debería haber llamado...»

Temo la conversación que está a punto de seguir. Ella es de las que gritan. En lugar de preguntar amablemente por qué no estoy en el trabajo, asume que estoy remoloneando. Podría haber tenido un accidente, por el amor de Dios.

«¡Creo que será mejor que vengas directamente y me digas por qué no has venido a trabajar hoy!»

«Um...»

De repente mi amo me quita el móvil de la mano y le miro horrorizada. ¿Qué demonios está haciendo?

«Catharine. Soy James Knight. Me he tomado la libertad de llevar a la señorita Roberts a una reunión improvisada esta mañana. ¿Hay algún problema?»

Ya no oigo su vozarrón. ¿Por qué no está gritando? ¿Y cómo es que le conoce?

«Mhm. No, no lo creo. Nuestra reunión casi ha terminado. La devolveré al trabajo en media hora».

Y con eso me entrega el teléfono, mirándome.

«¿Cómo conoces a mi jefe?» Me quedo perpleja. «¿Y cómo te conoce ella a ti?»

«Knight House adquirió Encuentros Virtuales LTD. hace unas semanas».

«Oh....»

«Si hubieras llegado a tiempo hoy me habrías oído hablar. En teoría, soy tu nuevo jefe».

Me alivia no estar en problemas pero... *¿Es mi jefe?*

«¿No vas a terminar tu desayuno?» me mira tranquilamente, sorbiendo el café.

«No. En realidad no tengo hambre».

«¿No la tienes?», me dice frunciendo el ceño.

Estoy segura de que está insinuando algo. Mirándome, atrayéndome como un imán hacia él. Noto que su mano se mueve hacia abajo; no puedo ver lo que hace porque la mesa está entre nosotros, pero si está tan excitado como yo, creo que se está acariciando. *¿Otra vez?*

Creo que tomaré la iniciativa en este caso. Me quito uno de mis tacones de aguja y meto la pierna por debajo de la mesa hasta su entrepierna. Como sospechaba, noto su polla a punto de estallar. Se la acaricio con los pies sin dejar de mirarle.

«Señorita Roberts, si empiezas algo...» cierra los ojos en señal de aprobación por un momento, acariciando mis pies suavemente, «tendrás que terminarlo. Lo sabes, ¿verdad?».

Sonrío, casi esperando a que diga la palabra, mientras continúo masajeándolo.

«Muy bien, entonces. Debajo de la mesa».

Me detengo y le miro, sorprendida. No me lo esperaba.

«No me mires así. Te necesito debajo de la mesa». Su voz tranquila es siniestra.

Me arrodillo y, levantando el mantel, me meto debajo. Veo cómo tira del mantel hacia un lado y se desabrocha. Saca su miembro rígido y me hace un gesto con la mano por debajo de la mesa para que me acerque, como si supiera dónde estoy. Al hacerlo, le sujeto las rodillas y, lentamente, empiezo a lamerle el glande como si fuera un polo. Yo empecé esto, así que lo terminaré. Después de todo, sé hacerlo muy bien. Al principio me acaricia la mejilla, haciéndome chuparle también los dedos y luego, puedo decir que quiere más porque me agarra la mandíbula con la mano y me tira sobre él, con una acción tan firme que provoca múltiples fogonazos en mi interior, haciéndome que me moje al instante, deseando complacerle más. Su mano está ahora en la parte posterior de mi cabeza, empujando su polla profundamente en mi garganta y está gruñendo dulcemente.

«Sí… señorita Roberts, lo haces muy bien…
mm…»

Le oigo hablar mientras muevo la cabeza
sobre él, mi mano en su polla, cada vez chupándole
más fuerte y haciendo un giro con mi mano
mientras le acaricio arriba y abajo. *Sí, esto es de
verdad.* Siento que su polla se pone rígida, que sus
venas afloran y paso mis labios por ellas; está ahí, al
borde de su éxtasis… gimiendo. Mis bragas están
empapadas de mis fluidos y empiezo a girar bajo la
mesa, moviéndome con las caderas, deseando tener
algo dentro de mí cuando eyacula en mi boca y con
cada gota de su semen gimo; siento su corrida, su
apogeo, su éxtasis…

Tragando, me limpio los labios, y aún bajo
la mesa, espero.

«Ahh… señorita Roberts… ¿garganta
profunda? Sí, *eres* perfecta».

## Punto de vista de James Knight.

Salió mejor de lo que podía imaginar. Aún puedo sentir el cosquilleo en mis pantalones sólo de pensar en sus suaves labios envolviendo mi polla. La pequeña y «tímida» señorita Roberts devoró mi polla como una verdadera artista de su oficio. Fue increíble. Supongo que tiene ese algo especial que siempre he deseado en una mujer. Joder, me excita como nadie. Como ahora mismo, mi mano apoyada ligeramente en la parte baja de su espalda, guiándola fuera del restaurante y la forma en que se mueven sus caderas, sólo quiero arrancarle ese vestido y follármela justo sobre el capó de mi coche.

¿Serán las feromonas? Sea lo que sea, me alegro un poco de que no se dé cuenta del efecto que tiene sobre mí. Incluso después de esa increíble follada encima de la mesa y luego esa magistral mamada debajo de ella, todo mi cuerpo vuelve a desearla. Quiero simplemente enterrarme profundamente dentro de ella y olvidarme de que el mundo existe.

Me doy cuenta de que está de pie junto al coche esperando a que abra la puerta. Me encanta cómo sus mejillas se ponen rosadas al darse cuenta de que sólo la estaba mirando. Mi excitada amiga, estirando la tela de mis pantalones, anhela de nuevo las cálidas caricias de mis labios.

Ahí está; sus ojos coquetean bajando hasta mi entrepierna, sus pupilas dilatadas, la boca ligeramente abierta y luego mordiéndose ese delicioso labio, arrastrándolo entre sus dientes. *Oh sí, pequeña, estoy empalmado por ti.*

Es hora de ponerme las pilas. Le abro la puerta y ella se desliza en su asiento, con los ojos aún clavados justo debajo de mi cintura. Cierro la puerta y doy la vuelta para tomar asiento junto a ella.

Al igual que antes por la mañana, está sentada tranquilamente en su asiento, mucho menos tensa ahora, por supuesto, pero intentando no retorcerse, manteniendo las rodillas bien apretadas, con las manos cruzadas encima de ellas sólo deseando deslizarse por sus muslos. Me doy cuenta de que está tan excitada como yo, pero con Anthony en el coche no se atreve a hacer ningún movimiento.

Le tiendo la mano y ella respira bruscamente, hundiéndose de nuevo en el asiento de cuero, su dulce aliento cayendo sobre mi mejilla mientras tiro de su cinturón de seguridad para abrochárselo. Inclinándome cerca de su oído le susurro: «Tranquila, señorita Roberts… Conmigo estás a salvo». Lo acentúo dejando un beso húmedo en su garganta, arrancándole un gemido silencioso.

Sentado con la espalda recta en mi propio asiento, me abrocho el cinturón y doy las indicaciones para que nos lleven de vuelta a Encuentros Virtuales. Durante el trayecto me dirijo a mi seductora compañera: «¿Tienes algún plan para esta noche, señorita Roberts?».

Ella me mira estupefacta: «No lo creo».

«¿Te gustaría cenar conmigo? ¿Digamos a las seis y media? Te recogeré a las seis y cuarto». Saco mi Blackberry y llamo a mi asistente personal Deborah en marcación rápida.

«Deborah, hola. Necesito algo bonito para que mi cita se lo ponga esta noche. Talla seis, creo», le digo mirándola. «Sí, negro servirá… mhm, largo... profunda abertura lateral... sí perfecto. Que lo empaqueten y lo envíen a Encuentros Virtuales Ltd. Llama a Silvia para la dirección».

«Eso es realmente innecesario; muy amable por tu parte, pero, aun así, habría encontrado algo en mi armario».

«Ni lo menciones. Puedes seguir rebuscando en tus cajones para encontrar algo sexy que ponerse debajo; yo diría que las bragas son innecesarias. Pero eso lo dejaré para que lo decidas tú».

No me había dado cuenta antes de lo mucho que me gusta hacerla sonrojar; su cara está preciosa con un poco de color.

Paramos en Encuentros Virtuales y esta vez dejo que Anthony abra la puerta y la deje salir. Empieza a andar y yo la llamo para que vuelva, recordándole que se ha olvidado el bolso y los papeles al otro lado del asiento. Volviendo a andar, se asoma por la puerta sostenida por Anthony, recogiendo sus pertenencias. Arqueando deliberadamente la espalda y sacando pecho, me ofrece una gran vista de su escote.

Cuando desaparece en el edificio, volvemos en coche a Knight House. Sólo una cosa más de la que tengo que ocuparme antes de esta noche, decido hacer la llamada ahora mismo, no tiene sentido retrasarla más. Marco el número de Ella y espero a que descuelgue.

Ella contesta casi al instante, lo que me produce una extraña sensación, como si estuviera sentada con el teléfono en la mano esperando mi llamada. Su voz alegre transmite su excitación. «Amo», suelta casi sin aliento, «estoy a tus órdenes, amo. Por favor, haré todo lo que desees».

*Allá vamos, Knight.* Me aclaro la garganta antes de que ella vaya más lejos y le digo mi verdadera razón para llamar. «Ella... me temo que tengo que poner fin a nuestro contrato. Tus cosas serán empaquetadas y enviadas por un mensajero. Incluiré un sobre con un cheque además de mi gratitud por tus servicios, pero ya no puedo verte. Nuestra relación ha terminado. Estaré encantado de recomendarte a cualquier otro dominante, si lo deseas. Házmelo saber. Te deseo lo mejor. Adiós, señorita Robbers». Cuelgo rápidamente sin estar dispuesta a escuchar sus sollozos y súplicas para que cambie de opinión. Al final se le pasará. Eso espero.

El día pasa de forma borrosa; no registro realmente lo que ocurre a mi alrededor. Firmo los documentos que me ponen delante o doy órdenes a mis subordinados de forma escuetamente mecánica. Mi mente sólo está ocupada por visiones de la deliciosa señorita Roberts y de lo que haré con ella después de nuestra cita…

~

Como si lo hubiera sabido, la señorita Roberts está impresionante con el largo vestido negro que le envió Deborah. La miro de reojo mientras conduzco mi Aston Martin; he tenido que

darle el día libre a Anthony. Mi cita está más 
cómoda sin más ojos y oídos en el coche.

Llegamos al club de Laura y, como era de 
esperar, nos llevan a una acogedora mesa a la luz de 
las velas que siempre está reservada para mí. Desde 
nuestros asientos, tenemos una gran vista del podio 
elevado donde actúan las bailarinas de cabaret y 
todo el ambiente está cargado de sexo.

Observamos un elaborado baile que incluye 
fustas y alguna cinta bondage. Ha captado la 
atención de la señorita Roberts, mientras que yo 
tengo mi mirada fija sobre todo en ella. De repente, 
siento que una mezcla de conmoción y rabia inunda 
mis venas al ver quién se acerca a nuestra mesa. Es 
Ella y está mirando a la señorita Roberts con una 
mirada asesina.

Reacciono a tiempo para desviar la botella 
de vino lanzada por Ella, justo a tiempo para 
impedir que deje inconsciente a la señorita Roberts. 
La botella se estrella contra el suelo y el sonido de 
los cristales al romperse atrae la atención de todas 
las personas sentadas en las mesas cercanas.

«¿Has perdido la cabeza? ¿Qué demonios crees que haces viniendo aquí?». Gruño entre dientes.

«¿Me has cambiado por *esta persona*? Coge tu maldito dinero, no lo quiero», hace trizas el sobre y me lo tira a la cara. Me limito a mirarla con cara de piedra, la mandíbula rígida.

«¿Por qué es tan especial? Puedo hacerte más feliz de lo que ella jamás lo hará. Por favor, amo, no me dejes…» rompe a llorar; poniéndose de rodillas, intenta arrastrarse hacia mí y abrazarme las piernas.

Echo un vistazo a la señorita Roberts y mi máscara de piedra resbala por un segundo al verla horrorizada por lo que está ocurriendo. Así no es como imaginaba que iba a ser mi velada.

«¡Basta!» Agarro a Ella del brazo y tiro de ella hacia arriba. «Vuelve a casa y espérame allí, ya me ocuparé de ti más tarde», le ordeno en voz muy baja y ella sale corriendo y llorando.

Volviéndome hacia la señorita Roberts la veo coger su bolso y prepararse para marcharse. Le alcanzo el brazo y ella tuerce el cuerpo, zafándose de mi agarre.

«Por favor, deja que me explique… Yo… Eso no debería haber pasado. La relación que tenía con ella se acabó». Me paso los dedos por el pelo con frustración. *No muestres desesperación, Knight. Toma el control, por el amor de Dios.*

«No parece que haya captado el mensaje. Y quizá tenga razón, probablemente sea mejor para ti. No sé si puedo hacer esto… ser lo que quieres que sea. Lo siento, debo irme.» intenta ocultar lo disgustada que está en realidad.

«*¡Tú* eres lo que quiero… lo que necesito! No tienes que ser nada, ya lo eres». Veo que se lo estoy poniendo aún más difícil y ya está luchando por no llorar, así que lo dejo estar.

«Te pido disculpas por arruinarte la velada. Deja que te lleve a casa». Pago las comidas que en realidad no recibimos y conduzco a la señorita Roberts fuera del club, lanzando frías miradas hacia los otros clientes que miran hacia mí, haciendo que se encojan en sus asientos al captar mi mirada.

Conducimos en silencio y, cuando el coche se detiene, nos quedamos sentados mirando la oscuridad de la noche. Finalmente, me vuelvo hacia ella y, alargando la mano, rozo la lágrima que ha rodado por su mejilla.

«¿Te volveré a ver? Por favor, di que sí… Joder, acabo de encontrarte».

«Ahora mismo no sé qué decir. Todo está mezclado dentro de mi mente y necesito algo de tiempo para procesarlo. Creo que me estoy precipitando demasiado… Quizá deberíamos ir despacio». Giro su cabeza para que me mire y la miro a los ojos.

«¿Es eso lo que realmente quieres? ¿O lo que crees que deberías hacer?».

«Yo… Tú… Tú eres tan… No creo que pueda decirte nunca que no, y eso me asusta. Mucho. Y después de lo que ha pasado hoy, no sé si estoy hecha para esto. ¿Y si después de un tiempo te aburres de mí y acabo como esa chica? Me destrozaría. Creo que necesito algo de tiempo».

«No te compares con nadie, por favor. Eres demasiado especial para mí. Y si lo que necesitas es tiempo, te lo daré. Podemos ir despacio si quieres. No estoy seguro de saber lo que es pero intentaré ser paciente por ti. Sólo dame tu palabra de que no huirás». Busco en sus ojos algún signo de miedo, pero no parece haber ninguno.

«Te lo prometo», coloca su mano sobre la mía y la mantiene un rato más contra su mejilla, disfrutando del sereno momento, y luego llevándosela a los labios me besa los nudillos y la deja caer a mi lado. Volviéndose hacia la puerta, empieza a salir pero luego se detiene y, cerrando de nuevo la puerta, se vuelve hacia mí.

«¿Qué le dijiste cuando la recogiste del suelo que la hizo salir corriendo tan rápido por la puerta?».

*¡Mierda! Esperaba que se olvidara de esa parte.*

«Le dije que se fuera a casa y me esperara. Necesito que entienda que nuestra relación ha terminado y que no volveré a tolerar ninguna escena pública como ésta. Tiene suerte de que no hayamos llamado a la policía. Quiero decir, ella casi te golpea con esa botella. Una vez más, no tienes ni idea de cuánto siento que esta noche se haya arruinado por mi pasado manchado...»

«¿Así que ahora vas a su casa?» No puedo evitar captar la acusación oculta bajo esta pregunta. *¿En qué estabas pensando, Knight?*

«Realmente no tengo ningún deseo de volver a verla, pero tengo que asegurarme de que sepa que si vuelve a acercarse a ti o a mí, una orden de alejamiento será sólo el primer paso. Y es algo a lo que sé que ella respondería.»

Me inclino más cerca y me debilito por su olor mientras le susurro al oído: «O siempre puedo llevarte arriba y desabrigarte de este vestido si lo prefieres».

«Creo que eso sería lo contrario de ir despacio. Quizá la próxima vez. Buenas noches, Sr.

Knight», susurra, y se apresura a entrar en el edificio. Su ausencia me desgarra las entrañas como un vacío repentino.

«Buenas noches, señorita Roberts», murmuro al asiento vacío.

## Punto de vista de Eva Roberts.

Bueno, esta noche no ha sido la mejor de mi vida. Sigo sin entender por qué me llevó a ese sitio y ¿quién era esa chica? Si era su novia ¿por qué llevarme allí? Estoy desconcertada. Dijo que era monógamo y luego pasa esto. Ya no sé qué creer, si a mi corazón o a los hechos.

¿Ella me agredió y ahora él va a su casa para hablar? ¿Por qué? ¿Por qué tiene que ir allí? Eso no me gusta. No quiero que vaya. Ahora es mío. ¡He tenido sexo con él esta mañana!

En el camino de vuelta me esforcé por no llorar, pero las lágrimas no paraban de brotar. Lo único que me hacía sentir mejor era su dulce voz, diciéndome que me había encontrado. Que me estuvo buscando todo el tiempo. Por supuesto, mi corazón prevaleció. Siempre fue mi corazón. Nunca mi mente. El flujo de lágrimas es la historia de mi vida. Cuántas veces las he derramado por alguien a quien mi corazón aprobaba, sólo para romperme en pedazos poco después. La mejor manera de avanzar para ambos es tomarnos las cosas con calma. Me dará tiempo a conocerle, a ver a la persona que hay bajo el exterior.

Estoy de vuelta en mi apartamento y me siento vacía. Ojalá hubiera venido a casa conmigo. Ojalá hubiéramos tenido sexo como esta mañana. Vaya, el sexo ha sido extraordinario. Creo que quiero más de él, estoy dispuesta a aprender; bajo sus órdenes, me derrito por dentro.

Voy a mi dormitorio y me pongo delante del espejo, justo al lado de mi cama. Estoy increíble. Y este vestido debe de haber sido muy caro. Paso la mano por mi entrepierna y, esto es lo que he necesitado toda la noche. No una cena elegante, sino a él haciendo esto; sus dedos bajo mi vestido, tocándome.

Cierro los ojos e imagino sus manos en lugar de las mías deslizándose por mi cuerpo, subiendo y pasando por encima de mis pechos. Este vestido está hecho para que él me lo quite. El escote casi deja ver mis pechos pero, necesito tocarlos. Me bajo los tirantes, dejando al descubierto mis pezones erectos y endurecidos y empiezo a tocarlos suavemente. Mi espalda se arquea, empujando mis pechos hacia mis manos mientras tiro de mis pezones.

'Ah....Mm...'

Empiezo a amasarlos suavemente, una, dos veces, y termino con un tirón.

Siento mis fluidos surgir dentro de mis bragas y mi culo se anima, necesito esto. En mi mente suena música relajante y él está a mi lado.

*Tócate, señorita Roberts.*

Mi mano izquierda se desliza por mi vestido y empiezo a palpar la piel desnuda de mi pierna, subiendo por la hendidura y por debajo, hasta llegar a mis bragas. Paso los dedos por mis bragas suavemente, provocándome suaves temblores de placer y me las quito. Necesito acceso libre para complacerme. Sé que él querría que lo hiciera.

*Ahora… quítate el vestido.*

Imaginarle hablándome se siente real. Emocionante. Me produce ondas de placer en el cuerpo. Siento su poder. Todo aquí. En mi cabeza. Conmigo. Desabrocho la cremallera lateral del vestido empezando por debajo del brazo y hacia abajo y, una vez hecho, lo dejo caer al suelo, apartándolo con los talones.

*Arrodíllate ante mí, señorita Roberts.*

Y yo obedezco. Tengo que hacerlo. Me ha follado tan bien esta mañana que quiero ser suya. En cuerpo. Y mente. Así que sigo sus órdenes.

Me arrodillo desnuda y una de mis manos se cierne suavemente sobre mi coño, tocándolo con suavidad, lo suficiente para hacerme desear más y la otra sigue amasando mis pechos y apretando mis duros pezones, terminando siempre con un tirón. Presiono con los dedos más fuerte sobre mis pliegues, clavándolos ligeramente y mi humedad se derrama a través de ellos y, ah, empiezo casi sin esperar, moviéndome con las caderas mientras froto mi clítoris, embadurnándolo de humedad. Quiero algo de fricción entre mis piernas pero mi amo está en mi mente y, no me deja. Lo veo sentado en la cama a mi lado.

*Ven.*

Me vuelvo hacia la cama y me lo imagino sentado allí, con los pantalones desabrochados y su gran polla dura fuera, reluciente con una gota de semen en la punta. Quiero meterlo profundamente en mi garganta.

Me lamo todos los labios, mojándolos y preparándolos para él.

*Señorita Roberts, sólo un lametón. No más.*

Me acaricia el pelo y alargo la lengua, lamiendo la cabeza, su líquido preseminal. Al hacerlo, hay un hilo pegajoso que va de mis labios a su polla, sus fluidos ya afloran, mezclados con mi saliva, endureciéndolo más.

Empapo mis dedos índice y corazón con mi saliva y empiezo a frotarme el agujero del culo. Mis dos manos están ahora sobre mí, una por delante y otra por detrás, explorando cada rincón y siento cómo mi néctar se desliza por mis piernas, a través de mis dedos. Mis caderas empiezan a moverse e introduzco tres dedos dentro de mí y ah... casi los embisto, y de nuevo, su voz de mando resuena en el fondo de mi mente.

*Señorita Roberts, ven ahora.*

Le veo tirando de mi cabeza hacia su polla.

*Métetela toda. Sí...*

Presiona mi cabeza contra su polla, casi haciéndome dar arcadas.

*Sí... Chúpamela bien... Sé mi niña buena.*

Y lo hago, se la chupo, complaciéndole mientras él tiene sus dedos enredados en mi pelo, sujetándome fuerte y follándome la boca. Exploto sobre mi dedo follando y chupando a mi amo, obedeciéndole sin freno. Mi cuerpo se sacude y mi clítoris pide a gritos ser frotado con más violencia, y lo hago, mi mano va rápido sin intenciones de detenerse, lo frota y, ahí está, lo veo, mi clímax…

'Ahhhhh…'

Caigo al suelo, marchita por mi perversa forma de complacerme; estoy jadeando.

«Esto… ha sido… ¡joder!», digo en voz alta y me río.

## Punto de vista de James Knight.

Piso el acelerador y los quinientos caballos bajo el capó hacen avanzar el coche en un santiamén. Los neumáticos chirrían sobre el pavimento dejando largas rayas de goma quemada y me deslizo en la curva, la pesada parte trasera del coche derrapa un poco pero más potencia la endereza y me aprieto contra el asiento. Ni siquiera miro mi velocidad mientras la flecha sube en el salpicadero, las farolas me pasan como luciérnagas en una carretera rural. Necesito esto, ansío la velocidad ahora sólo para sentir algo distinto al vacío que me ha dejado la señorita Roberts. Me deslizo hasta detenerme en el edificio donde vive Ella; lo he hecho en un tiempo récord, un tiempo que podría rivalizar fácilmente con el mejor tiempo por vuelta de cualquier carrera de Gran Premio.

El corazón me late con fuerza en el pecho y siento que la adrenalina sigue corriendo por mi sangre. Ha sido todo un subidón, casi me siento mareado. Es hora de hablar con Ella, no tiene sentido retrasarlo más de lo necesario, aunque no tengo ganas de verla ahora; ni nunca más, pero no se puede evitar.

Salgo; cierro el coche con llave y me dirijo al interior, al ascensor.

Ella abre la puerta nada más llamar y me deja pasar con impaciencia. Creo que es la primera vez que estoy en su apartamento. Es un estudio abierto de dos niveles. Un gran lienzo pintado en la pared me llama la atención. Sabía que era pintora, pero, *¡soy yo!* Es una gigantesca pintura al óleo de mi cara. *¿Qué demonios es eso?*

«¡Qué es ESO!» Gruño entre dientes señalando el cuadro.

«Eres tú, amo, ¿no te gusta? Tuve que pintarlo de mi memoria, lo siento mucho si no capté tu parecido. Ahora estás aquí, amo, puedo pintarte en vivo. ¿Me harás el honor de posar para mí, amo?», me pregunta emocionada.

«¡No, Ella, no posaré para ti! Eso NO es en absoluto por lo que he venido aquí. Tienes que entender que ya no eres mi sumisa. Aléjate de mí, y aléjate de mi cita o presentaré cargos».

Giro sobre mis talones para irme y antes de llegar a la puerta, siento un dolor agudo en el cráneo y oigo algunos fragmentos caer a mi alrededor antes de que todo se desvanezca en un borrón mientras me desplomo.

# CAPÍTULO 3.3

## Punto de vista de James Knight.

"...*Veo que balancea el brazo y la cadena se clava en la espalda de Kylie dejando dolorosas estrías. Agarrando el cuchillo con fuerza, doy un salto de sprint sobre su espalda y empiezo a apuñalarle en cualquier parte que pueda alcanzar: el cuello, el pecho, el estómago. Le apuñalo repetidamente hasta que me lanza fuera de él. Mis hermanos adoptivos chillan horrorizados y hay sangre salpicada por todas partes...*"

«Quítate de encima... quítate... No... no me toques... no...» Murmuro mientras intento despertar de mi letargo. Quiero moverme, pero mientras forcejeo, alguien me sujeta.

Me siento aturdido; la cabeza me está matando. ¿Dónde demonios estoy? ¿Qué es esa luz cegadora? Me duele todo el cuerpo; hay un dolor agudo de algún tipo de sujeción dura que se clava en la carne de mis muñecas, atadas a mi espalda. *Espera… Ella… ¡Me ha golpeado con algo!*

Alguien me está iluminando los ojos con una linterna brillante y sólo quiero vomitar, me siento totalmente desorientado. «Si no deja de forcejear, señor, no podremos dejar que los paramédicos le echen un vistazo al chichón y los cortes». Otra persona me sujeta y me habla con una profunda voz masculina. No lo reconozco, pero siento que la lucha está perdida, así que cedo y dejo de intentar quitármelo de encima.

«Carter, ven aquí y asegúrate de que se queda quieto. ¿Han terminado los paramédicos con la víctima?» Le oigo llamar a otra persona. Cuando el zumbido de mis oídos empieza a despejarse, me doy cuenta de que hay más gente a mi alrededor.

*¿Víctima? Yo soy la víctima, ¿de qué demonios está hablando?* Creo que empiezo a comprender que la persona que me sujeta actualmente es un agente de policía, pero ¿de qué víctima está hablando? ¿Y por qué tengo este mal presentimiento de que de alguna manera piensan que yo soy el agresor en este escenario? ¡Mierda! Realmente me estoy arrepintiendo de haber dejado hoy a Anthony en casa.

Abro mis pesados párpados e intento evaluar la situación en la que me encuentro.

Tumbado en el suelo sobre un pequeño charco de sangre, que creo que es del corte en mi frente, no puedo ver mucho desde el ángulo inclinado en el que estoy, aparte de los pies de la gente que camina alrededor. Mis ojos se posan en la silla volcada y en algunas cosas esparcidas por el suelo y una imagen más clara de lo que está ocurriendo se solidifica en mi mente.

No puedo creerlo; ¡Ella me está tendiendo una trampa! Creo que está intentando inculparme por agredirla. Necesito a mi abogado aquí y rápido.

«Mire, ha habido un error… Yo soy el que ha sido agredido aquí. ¡Lo que sea que le esté diciendo es mentira! Lo último que recuerdo es que intenté irme y me golpearon con algo en la cabeza. ¡Lo que sea que pasó en este apartamento sucedió después de que me dejaran inconsciente!»

«Tranquilo, grandullón, ya lo aclararemos todo, quién golpeó a quién y cómo. Ahora quédese quieto y el paramédico estará con usted en breve», explica el fornido policía.

«¡Exijo que me liberen de estas ataduras inmediatamente! ¿Se me acusa de algo? Quiero que conste en acta que solicito la presencia de mi abogado. Frederic Sullivan, su tarjeta debería estar en mi cartera, la que está en el interior del bolsillo izquierdo de mi abrigo. O compruebe mi lista de contactos telefónicos en departamento jurídico o marcación rápida cinco…» Aprieto los dientes. Es difícil mantener la calma cuando un gorila de 90 kilos está sentado a tu espalda, sujetándote como al criminal más peligroso del mundo.

«Tendrás a tu abogado cuando te llevemos a comisaría, ahora quédate quieto y el médico comprobará tus heridas… ¡Señor!», responde, rebosante de sarcasmo.

«¿Sabe quién soy? ¿No tiene que leerme mis derechos? Soy inocente hasta que se demuestre lo contrario, ¿o usted y sus amigos ya me han catalogado como una escoria de los bajos fondos que pega a las mujeres?». gruño.

«Tienes derecho a cerrar la boca y quedarte donde estás. Conozco a los de tu clase; hijo de padres ricos, ego enorme y problemas de derechos. Crees que puedes hacer lo que quieras y que los profundos bolsillos de tus padres te sacarán de cualquier apuro. Pues esta vez no, chico duro», el policía muestra por fin sus verdaderos sentimientos hacia mí.

Casi me dan ganas de reírme de su comentario desconsiderado; es obvio que Ella ha interpretado a una auténtica damisela en apuros. ¿Cómo se me había pasado antes su talento para la interpretación? Me inquieta no saber cuál es su jugada final aquí. ¿Busca arruinar mi reputación? ¿Lo hace por despecho?

«¿Podría saber al menos qué es lo que supuestamente he hecho para que me inmovilicen en el suelo como a un perdedor en "El criminal más tonto de América"»? vuelvo a preguntar, intentando comprender lo que creen que he hecho.

«Me pones enfermo, intentando fingir que no tienes ni idea de lo que has hecho. No me importa cuánto dinero tenga o cuántos abogados elegantes contrate. Si el bebé que lleva no sobrevive, apelaré al fiscal para que presente cargos por muerte infantil». Ahora sí que le he hecho enfadar y ya no disimula su disgusto conmigo.

*Espera... ¿Bebé?* ¡¿De qué demonios está hablando?! Ahora creo que voy a vomitar de verdad. La conmoción y la horrible perspectiva de que Ella esté embarazada me ponen físicamente enfermo y vomito por todo el suelo...

*Tumbado boca abajo en mi propio vómito, definitivamente no era así como imaginaba que acabaría mi velada.*

Siento que se acerca el ataque de pánico, un sudor frío me recorre la frente, no puedo meter suficiente aire en los pulmones, se me cierra la garganta... *Justo lo que necesitaba, joder.*

Empiezo a ahogarme con el vómito que he inhalado accidentalmente, las convulsiones asolan mi cuerpo, siento que vuelvo a perder el conocimiento.

Al despertar por segunda vez sólo veo el techo blanco. Oigo unos pitidos, me siento como una mierda; estoy ligeramente mareado por las pastillas que me han dado y tengo la vista nublada. Tengo una venda alrededor de la cabeza y creo que tengo algunos puntos en la frente.

¿He tenido un accidente? ¿Ha sido todo esto un sueño horrible? Por favor, querido Dios, dime que he arrollado con mi coche una señal de tráfico y que la horrible alternativa no ha sido más que una alucinación inducida por las pastillas.

Luchando contra las náuseas y el dolor punzante que me produce mover la cabeza, recorro la habitación con la mirada y me doy cuenta de que no ha sido un sueño al notar la esposas que me sujetan a la cama.

La pruebo tirando de ella… nada. La única forma que tengo de salir de aquí es cortándome el brazo o arrastrando toda esta cama conmigo.

Oigo llamar a la puerta; me alivia un poco ver a mi abogado entrar en la habitación y no a alguien de mi familia.

«¡Sullivan! ¿Cuánto has tardado en venir? Espero que me saques de ésta» -levanto la mano con las esposas- «en la mitad de tiempo, para que pueda largarme de esta cama e irme a casa. Espero que mi familia no se haya enterado aún de que estoy aquí. ¿Cuánto tiempo estuve fuera?»

Acerca solemnemente una silla junto a mi cama y se baja lentamente en ella. Puedo sentirlo en mis entrañas, no me gustará lo que tiene que decirme.

«Señor Knight, me temo que ha habido una filtración. Denise Wilkins, la reportera de Channel 5 News, recibió un chivatazo de su fuente en el

departamento de policía y un paramédico le ha 
confirmado que usted fue ingresado en el hospital y 
está detenido por presunta agresión violenta a su 
novia. El departamento de relaciones públicas está 
caminando con pies de plomo aquí. Necesitarán 
una declaración oficial suya para poder empezar a 
alejar este Titanic del iceberg, y la necesitan cuanto 
antes, para evitar un impacto directo».

Intento mantener la calma y respirar hondo, 
pero el pitido que transmite mi ritmo cardíaco está 
traicionando descaradamente mis verdaderos 
sentimientos. Creo que si tuviera habilidades 
sobrenaturales ya me habría convertido en un 
monstruo verde de tres metros de altura.

«¿Qué coño? ¿De repente el mundo entero 
se ha vuelto loco? ¿Estoy aquí tumbado esposado a 
la cama y viene mi *abogado* a decirme que tengo 
que hacer una declaración para el departamento de 
relaciones públicas? Aquí tiene su puta declaración: 
Le dije que se mantuviera alejada de mí y de mi 
cita, y me golpeó en la cabeza con algo, ¡lo siguiente 
que sé es que me despierto en un hospital esposado 
a una cama! ¿Qué le parece esa declaración?»

«Lo siento mucho, Sr. Knight. Por supuesto, ya he exigido que le quiten las esposas inmediatamente y he solicitado su puesta en libertad bajo fianza en cuanto le den el alta en el hospital».

«La declaración que la señorita Robbers dio a la policía afirma que ella le contó que estaba embarazada y que cuando rechazó el aborto en el que usted insistía, usted la agarró y se produjo un violento forcejeo. Ella afirma que se rompió un pómulo cuando le golpeaste la cara contra una mesa y que te golpeó en la cabeza con un jarrón de cerámica en defensa propia.»

«¡Eso es mentira! ¡Se lo ha inventado todo! ¡Creo que ha perdido completamente la cabeza! ¿Qué es esa tontería de un bebé? ¿Le han hecho una prueba de embarazo? Si no, que se la hagan y luego una prueba de paternidad. ¡Se ha vuelto completamente loca! ¿Dónde está? ¿La ha visto?»

«Sí, señor, pediré que desmientan su declaración enseguida y redactaré una solicitud para evaluar su estado de salud. Ahora está siendo

tratada en la unidad de traumatología y se ha 
negado a verme, pero me ha pedido que le dé un 
mensaje de que quiere hablar con usted. Debo 
aconsejarle que no la vea a solas; creo que sería 
mejor que la acompañara a la reunión si así lo 
desea.»

«¿Qué demonios quiere ella de mí? No 
deseo verla nunca más; ni siquiera me plantearía la 
idea de quedarme en una habitación a solas con 
ella.»

«Lo comprendo, señor. Anthony está 
esperando fuera y otro personal de seguridad está 
situado alrededor del hospital para asegurarse de 
que ningún reportero venga a husmear. Quería 
saber si necesita algo y hacerle saber que su familia 
está de camino, Sr. Knight».

«Oh, perfecto, justo lo que necesito, tener 
que explicar todo este lío que ni yo mismo entiendo 
del todo a mi familia… ¡Dame mi teléfono! Tengo 
que empezar a aclarar esto poniéndome en contacto 
con el equipo de relaciones públicas».

Mi carísimo asesor jurídico se levanta y va a cumplir mis órdenes, mientras yo contemplo cuál debe ser mi siguiente paso. *Definitivamente esta no es la velada que tenía en mente.*

## Punto de vista de Eva Roberts.

Bostezando fuerte y estirando los brazos por encima de mí, abro lentamente los ojos. Descansada y tranquila. Así es como me siento. Por primera vez en meses he dormido bien. Y todo gracias a él. Mi amo. El Sr. James Knight. Cada vez que pienso en sus ojos, en su poder, en sus órdenes, siento que se abre un embalse y surgen mis fluidos imparables, empapando mis bragas en cuestión de segundos. Mi pequeño juego mental de anoche fue asombroso y me dejó saciada de muy buena manera.

Estoy deseando tomar mi primera taza de café y me levanto, dirigiéndome a la cocina. Tras conseguir la tan adictiva bebida, me siento en el sofá y miro por la ventana, relajada. Me pregunto si me llamará hoy. No tengo su número de teléfono pero, si quisiera, podría encontrarlo en un instante. Hoy en día cualquiera puede hacerlo. La cuestión es hacer que te llamen. Bueno, sé que tiene todos mis datos porque ya me ha investigado. Eso me hace sonreír. Investigada. Creo que esperaré a que llame.

Anoche fue decepcionante pero estoy segura de que lo solucionará todo. La chica que casi me golpea con una botella necesita ser controlada y sé que el Sr. Knight se asegurará de que así sea.

Con tiempo suficiente para prepararme para el trabajo, pongo la televisión para tener algo sonando de fondo mientras me tomo el café. Entonces oigo las noticias de última hora: una mujer embarazada agredida por el multimillonario James Knight. *¿Qué?*

Me acerco y escucho atentamente; no me creo lo que estoy oyendo. ¿Ha agredido a alguien? Jadeo cuando muestran una foto de la chica. ¡Dios mío! Sé que fue a su casa anoche… y… ¡no es posible! ¡No! Él nunca haría eso. Es tan amable, y cariñoso y dominante y fuerte….um…..y… no le conozco tan bien.

Mi madre solía decirme que la gente que 
pega una vez volverá a pegar; nunca te acerques a 
ellos. Pero no estoy segura de que le pegara y la 
televisión sólo lo está pintando como el agresor. 
Necesito verle y hablar con él. El reportero dice que 
está en el hospital de Beverly Hills.

Me preparo rápidamente, sabiendo que 
después del hospital iré directa al trabajo. Me 
pongo mi vestido de jersey azul marino y mis 
tacones de aguja azul marino y ¡puf! - estoy lista. 
No tengo tiempo para maquillarme ni peinarme. 
Con el abrigo en la mano bajo las escaleras y voy 
directa al coche. El hospital no está lejos de mi piso 
y durante el trayecto sólo pienso en qué 
preguntarle, qué decirle, por qué estoy allí. Si no le 
creo entonces ¿por qué he venido en primer lugar?

Aparco el coche fuera y al entrar me fijo en 
los numerosos periodistas y policías que hay 
alrededor. Todo el mundo está aquí para verle. 
¿Cómo demonios voy a entrar? Me quedo de pie en 
medio de la entrada con la gente entrando y 
saliendo, apartándome mientras pienso qué hacer.

¡«Eva Roberts! ¡Dios mío! ¿Eres tú?»

Miro a la persona de la bata blanca que me sonríe y… ¡no puede ser! ¿Qué hace *él* aquí? Todavía guapo, con su pelo rubio, sus ojos azules y una gran sonrisa blanca, Patrick, mi ex novio se acerca a mí y me abraza. Sonrío incómoda y le doy una ligera caricia en la espalda.

«Hola, Patrick. ¿Cómo estás?»

«Estoy bien. ¿Cómo estás tú? Hace meses que no te veo. Casi un año. Desde… aquella noche».

«Ah, sí. Lo siento por eso. Nunca es un buen momento para una ruptura».

«Sí, lo sé».

Me mira a los ojos con anhelo y sé que debo detener esto inmediatamente. Rompimos hace casi un año y eso fue todo. No necesito que empiece a llamarme en mitad de la noche como solía hacer…

«¿Estás trabajando aquí ahora?» Debo cambiar de tema.

«¿Aquí? Sí, sí, lo estoy. Llevo aquí los últimos tres meses». Me mira con un pequeño ceño fruncido. «¿Y tú? ¿Qué haces aquí, Eva?»

«Patrick», veo que tengo que ser directa e ir al grano, «¿puedo pedirte un favor? ¿Por los viejos tiempos?»

«Sí, claro».

«Hoy han traído aquí a mi muy buen amigo y me gustaría verle. El caso es que hay demasiados policías y periodistas alrededor y no estoy segura de poder llegar hasta él. ¿Crees que podrás ayudarme?»

«¿Un amigo?»

«Sí, Patrick, un amigo. Sólo un amigo». No le diré la verdad. Sé lo celoso que puede llegar a ser y ahora mismo, él es mi única opción.

«OK, Eva. Puedo ayudarte. Creo que sé quién es tu amigo. Está en el quinto piso. Ven conmigo».

Le sigo hasta una habitación «sólo para el personal» y me da una bata blanca con un estetoscopio colgando del bolsillo del pecho, lo que me hace parecer que pertenezco a ese lugar. ¿Eh? Un médico. Me miro en el espejo y me gusto. Un look de juego de rol pervertido.

«¿Lista?»

«Sí».

Sale y yo le sigo hasta el ascensor, hasta la quinta planta donde se mantiene a raya a los pocos periodistas que han conseguido llegar hasta aquí.

El policía que está fuera de su habitación se limita a mirarnos y sigue leyendo su periódico y allí está su chófer, o ayudante, Anthony, creo que se llamaba.

Le miro y al acercarme me reconoce y sonríe débilmente.

«¿Puedo verle, por favor?»

Sin pensarlo, Anthony me abre la puerta y me vuelvo hacia Patrick, dándole un abrazo y un beso en la mejilla.

«Gracias, Patrick. Te debo una».

Patrick se sorprende. No se esperaba esto. Sé que quería entrar conmigo pero Anthony se asegura de que soy la única que está allí.

Al entrar le veo a él, mi amo, tumbado en la cama. No se inmuta; tiene la cabeza envuelta en vendas y parece que está durmiendo. Me acerco a su cabecera y le toco suavemente la mano. Abre los ojos lentamente y, al darse cuenta de que soy yo, intenta levantarse, pero le pongo la mano en el brazo, deteniéndolo.

«Sr. Knight, no te levantes. Por favor. Necesitas descansar».

Me mira y sonríe.

«Soy James. Por favor, llámame James». Me coge la mano entre las suyas y vuelve a cerrar los ojos.

«Has venido».

«Sí…»

«Señorita Roberts …»

«Por favor….Soy Eva.»

«Eva, no debería haber ido allí.»

«¿Qué pasó?»

«No estoy seguro. En un momento estaba allí, hablando con Ella, pidiéndole que me dejara en paz y al siguiente estaba en el suelo, con un corte en la cabeza.»

«¿Ella te golpeó?»

«Sí.»

«Pero, en la televisión, dijeron que tú la agrediste.» Le miro a los ojos, buscando algo que delate su inocencia, pero no hay nada.

«No agredí a nadie. Ella intenta tenderme una trampa».

«…Y también estaba embarazada».

«Sí. También lo he oído. Si lo está, no puede ser mío. Tomaba la píldora». Veo un proceso de pensamiento en su cabeza. «¡Si ha dejado la píldora sin decírmelo, le espera otra cosa!». Enfadado, pero dándose cuenta enseguida de la pesadez de la frase se corrige. «De todos modos, estoy seguro de que el bebé no es mío».

«¿Entonces no fuiste tú?»

«Eva, espero que me creas cuando te digo que nunca le puse la mano encima. No entiendo por qué me está tendiendo una trampa pero lo averiguaré, te lo prometo».

«James, está bien. No pasa nada».

Me atrae suavemente hacia él, sobre la cama, y envuelve mi cuerpo con sus brazos.

«Gracias por estar aquí».

Le miro mientras él me quita suavemente mechones de pelo de los hombros y los coloca detrás de mi espalda, descubriendo lentamente mi cuello.

«¿He mencionado que estás increíble con el uniforme de médica, señorita Roberts?».

Nos miramos y en un instante estoy confinada en el espacio entre mis sueños y la realidad y sólo puedo pensar en complacerle. En nada más. Este hombre está herido y quiero follármelo. ¿Tan triste estoy?

Llaman a la puerta, despertándonos del trance, y entra Anthony.

«Sr. Knight, el Sr. Sullivan está aquí».

«Muy bien, Anthony. Dame cinco minutos».

Anthony cierra la puerta tras de sí y James y yo nos miramos.

«¿Esa chica también está en este hospital?»

«¿Por qué lo preguntas?»

«Por nada. Sólo me lo preguntaba». *Tengo que verla.*

«Ella está. Mi abogado intentará hablar con ella de nuevo hoy. Ella sólo quería verme».

«James, antes de irme, hoy me he dado cuenta de que no tengo tu número de teléfono».

Me sonríe.

«Habla con Anthony. Él te lo dará».

Me levanto de mala gana de la cama y le doy un cauto beso en los labios.

«Hablamos pronto».

«Eva, gracias por venir. Me has hecho el día más llevadero».

Fuera de la habitación, después de intercambiar los números de teléfono de James con Anthony, me dirijo al ascensor y veo a Patrick allí, esperándome.

«Patrick, creía que habías vuelto abajo. No sabía que me estabas esperando».

«No pasa nada, Eva, quería asegurarme de que salías de allí de una pieza».

«Patrick, mi amigo es un buen hombre. Nunca me haría daño».

«Por si acaso».

Siento que vuelvo al principio con Patrick pero no tengo elección, necesito que me lleve hasta esa mujer. Debo hablar con ella.

«Patrick, ¿puedes llevarme con la mujer que trajeron aquí con mi amigo?»

«¿La mujer? ¿La que fue agredida por él? ¿Estás segura, Eva?»

«Sí, necesito hablar con ella. Por favor, Patrick. Te deberé una más». Le miro y sonrío, batiendo las pestañas un par de veces, sabiendo que no puede rechazarme.

«Ven».

Sin pensarlo me empuja a un lado y nos dirigimos en otra dirección, subiendo un piso por las escaleras hacia una zona apartada, con mayor seguridad. Como la mayoría de la gente conoce a Patrick, esquivamos a todo el mundo fácilmente de camino a su habitación.

«Ella está aquí.»

«Gracias. Saldré en cinco minutos», digo y entro en la habitación.

# CAPÍTULO 3.4

**Punto de vista de Eva Roberts.**

Al entrar en la habitación la veo tumbada de lado, mirando hacia las ventanas. Probablemente piensa que soy una de las enfermeras que vienen a revisarla; no me mira, lo cual es bueno porque aprovecho el momento para acercarme y acercarme mucho. De pie junto a ella me aclaro la garganta, pero ni siquiera entonces se preocupa por mi proximidad. Al parecer, si quiero hablar con ella espera que rodee la cama y me ponga frente a ella. Pues no lo haré.

«Disculpa», le digo en tono firme.

Se da la vuelta y sus ojos se abren de par en par, atónitos, con las cejas torcidas por la incredulidad. Puedo ver el gran moratón rojo en su mejilla, algunos cortes en su cara, y se está agarrando el estómago con ambas manos, parece que ha estado llorando; su cara aún tiene lágrimas que no se ha secado.

«¡Tú!» la afirmación se le escapa entre los labios en un torrente de aire expulsado.

«Sí. Yo». La miro desafiante, preparada para una pelea.

«¿Qué haces aquí?» ansiosa, busca a ciegas el botón de la alarma a un lado de la cama.

«He venido a hablar contigo. ¡Y deja de hacer eso! Sé lo que estás haciendo», le digo bruscamente.

Vuelve a ponerse la mano en el estómago y se sienta en la cama mientras intenta colocarse más alta que yo, haciéndose con el control de la situación...

«¿Qué quieres? No tengo nada que decirte». 
Su respuesta es enérgica.

«Sí que tienes. ¿Por qué haces esto?»

«Yo… no estoy haciendo nada. Fue él quien 
me pegó».

«¡Él nunca te pegó y lo sabes!» Le alzo la 
voz.

«¡Él lo hizo! Lo hizo!» palabras vanas de 
una mujer desesperada. *¡Uf!*

«¿Y las mentiras sobre el bebé? Más vale 
que no sean ciertas porque voy a hacer que te 
arrepientas de haber pensado siquiera en meterte 
con él…»

«¡No estoy mintiendo! ¡Estoy embarazada! 
¡Mira!»

Levanta la pequeña huella en blanco y negro 
que hay sobre el mueble auxiliar y me la pone en las 
manos; un escáner de su bebé.

Me quedo de piedra. Quería ser dura pero esto… esta cosita es un bebé. ¿Y si es su bebé? Sacudo la cabeza, frunzo el ceño y la miro con severidad, devolviéndole la foto; no voy a emocionarme ahora.

«No me importa si estás embarazada o no. Este bebé no es suyo».

«Creo que lo es». Tiene dudas en los ojos y su voz temblorosa lo dice todo.

«¿Tú crees?»

Levanto las manos con frustración y ella se estremece, levantando los brazos por encima de la cara, intentando protegerse.

«Escucha, ¿cómo te llamas?».

«Ella», solloza.

«Escucha, Ella, James Knight está fuera de los límites a partir de ahora. ¿Me entiendes?»

«Pero, tú… ¡acabas de conocerle!»

«Sí. Correcto. Y no quiero verte cerca de él nunca más».

Mi postura firme da peso a mis palabras. Tengo más poder que ella y lo reafirmo bajando la voz.

«¡Será mejor que lo entiendas!»

Me doy la vuelta y me dirijo hacia la puerta.

«¡Yo… le quiero!» grita ella y yo me detengo en mi sitio; me doy la vuelta, mirándola directamente a los ojos.

«¿Disculpa?»

«Le quiero y no puedes hacer nada al respecto».

Desde tan lejos cree que puede decirme cualquier cosa. Aprieto los dientes y empiezo a caminar de vuelta a su cama.

«Ella, no quieres meterte conmigo. Puedo cortarte en pedazos, darte de comer a los animales y nadie podrá encontrarte jamás. Desaparecida para siempre. Así que, otra vez...» Ahora respiro sobre su cara, sostengo un mechón de su pelo en la mano y juego con él de forma siniestra. «No me hagas enfadar. Apártate y arregla este lío».

Apenas veo su asentimiento insignificante, pero eso me basta.

Salgo de la habitación, cierro la puerta tras de mí y siento que el corazón me late dentro del pecho. Lo que hice fue aterrador para las dos. Amenacé a alguien, la intimidé por un hombre que acabo de conocer. ¿Estoy loca? James hace que me tiemblen las rodillas y me estremezco ante su contacto. De algún modo, no quiero verle herido.

«¡Patrick!»

Hablando con el policía fuera de la habitación se siente aliviado de que esté fuera.

«¡Eva! Vamos, nos necesitan abajo urgentemente» Claramente quiere salir de este piso lo antes posible.

«OK. Vamos.»

Nos apresuramos a bajar las escaleras, sin mirar detrás de nosotros, esperando que Ella no me delate. Bueno, no lo hará si realmente la he asustado, y creo que lo he hecho.

Salgo del hospital a toda prisa, pero no sin antes tener una conversación con Patrick sobre nuestra relación, lo que salió mal y por qué no podemos seguir juntos. Tuve que ser educada y amable. Dios sabe cuánto tiempo se quedará James aquí y necesito llegar hasta él si quiero.

En el coche intento serenarme y pensar en una buena historia que contarle a Catharine, mi jefa, sobre por qué llego tarde. Todos en el trabajo habrán oído hablar ya de James Knight y de lo que le ocurrió anoche, pero sé que después de lo de ayer, cuando Maya quiso conocer los detalles de mi reunión matutina con James, sospecharán cosas.

Debería estar preparada. Decirle a Maya que James quería saber más sobre lo que hacemos en Encuentros Virtuales en nuestra reunión era una historia inviable. No me creyó; ni una palabra. «Los dos sabemos que no es ésa la razón por la que te

reuniste con él, pero haz lo que quieras», me dijo. 
¿Y qué se suponía que debía decir? ¿Que quedé con 
él y sin intercambiar una sola palabra me folló por 
encima y por debajo de la mesa? ¿Y lo disfruté? De 
ninguna manera le diría eso. Jamás.

Entro en el edificio y antes de llegar a mi 
escritorio, oigo la voz chillona de Catharine.

«¡Eva! A mi oficina. ¡Ahora!»

Pongo los ojos en blanco y veo que Maya me 
mira fijamente. Todavía está intentando descifrar la 
expresión de mi cara de ayer y la está volviendo 
loca. Le sonrío antes de entrar en el despacho de 
Catharine y me preparo para algún ruido fuerte.

«Eva Roberts. Te he contratado en 
Encuentros Virtuales porque eres buena en lo que 
haces y profesional. Por desgracia últimamente, 
bueno, en realidad, en los dos últimos días has 
llegado tarde al trabajo...»

«Pero...» Intento interrumpirla pero no lo 
soporta.

«¡No me interrumpas! Sí, ya sé que ayer fue un día especial porque James Knight, nuestro nuevo jefe, te llevó a una reunión y, para ser sincera, aún me pregunto por qué te eligió a ti y no a mí, pero, sin embargo, te consideré impuntual porque nunca llamaste para decir que estabas en una reunión. De hecho, pensé que no habías llegado al trabajo. No había una maleta ni nada que me sugiriera que habías ido a tu mesa y luego te habías ido a una reunión. En cualquier caso, eso fue ayer, pero hoy vuelves a llegar tarde, y no me digas que estabas con James Knight porque todos hemos oído en las noticias lo que le pasó. O mejor dicho, ¡lo que hizo!»

«¡Él no ha hecho nada!» suelto pero es demasiado tarde para retractarme de lo que he dicho.

«¿Perdón? ¿Has dicho que no ha hecho nada? ¿Y cómo lo sabes, Eva? Espera, no quiero saberlo. Basta de hablar de eso. Dime, ¿dónde estabas esta mañana y por qué no llamaste para decir que llegarías tarde?».

Espero que siga hablando, pero ya no sale nada de su boca, así que respiro hondo y empiezo.

«Catharine, he pinchado una rueda. Y no tengo batería en el teléfono".

*Por favor, que no me pida ver mi teléfono… por favor, que no me pida ver mi teléfono.*

«Mhm.» me mira fijamente a la cara en busca de señales de engaño, demasiado tiempo para mi gusto. «OK.» ella se aleja. «Esta vez te creo. Pero no dejes que vuelva a pasar, y carga tu teléfono».

Dios mío. ¡Me ha creído!

La veo ir hacia su escritorio y coger su teléfono.

¡Lo sabía! Presa del pánico, le doy las gracias y, rebuscando en mi bolso mi teléfono para apagarlo, salgo de su despacho. Por fin lo encuentro, pulso el botón de apagado durante unos segundos antes de ver la pantalla en blanco y creo que he llegado justo a tiempo porque la oigo dar un

portazo en su despacho. Apostaría mi vida a que 
estaba intentando ver si mi teléfono funcionaba.

Suspiro fuerte; eso estuvo cerca. Me dirijo a 
mi escritorio y, la verdad, no estoy de humor para 
trabajar. Mi vida ha sido una locura estos últimos 
días y no puedo concentrarme en absoluto. Decido 
empezar con mi correo urgente, repaso cada correo 
lentamente; realmente quiero hacer esto todo el 
día, es algo terapéutico no tener que pensar. Me 
llama la atención un hermoso sobre negro en lo alto 
de la mesa. Lo abro y es una invitación a un baile de 
máscaras este sábado; la firma es de Knight 
Enterprises. Me pregunto si tenía intención de ir al 
baile o era sólo para nosotros, los empleados de 
Encuentros Virtuales. Inmediatamente abro mi 
portátil y mi cuenta de Gmail; tengo que hablar con 
él.

Mientras espero a que se abra el programa, 
cojo mi teléfono y lo enciendo. Me lo pongo bajo la 
falda y con los dedos muevo las bragas hacia un 
lado, dejando al descubierto mi jardín secreto, y le 
hago una foto. Sé que no tengo mucho tiempo 
porque Catharine podría volver a llamarme, así que

envío rápidamente la foto a mi email y apago de nuevo el teléfono. Ya está. La adrenalina que acabo de sentir no era para menos.

La cuenta de Gmail está abierta y veo mi foto, mirándome fijamente. Es bonita.

***

Para: J. K.

Asunto: Baile de máscaras

De: E. R

Fecha: 01/29 11:50 a.m.

Estimado James,

Espero que este email te traiga un pequeño rayo de sol en tus tiempos difíciles. Desgraciadamente, hoy nos hemos encontrado en circunstancias diferentes pero estoy segura de que la justicia prevalecerá y serás libre en poco tiempo.

He recibido una invitación para un baile de máscaras para este próximo sábado organizado por

Knight Enterprises y supongo que es para todos los empleados de Encuentros Virtuales.

La idea del baile parece emocionante, pero si tú no puedes ir, tampoco tiene sentido que yo vaya. En los últimos días… bueno, digamos que nunca pensé que pudiera ser sumisa de esta manera. Sigo siendo yo e independiente, pero cuando se trata de ti… me has demostrado tanto en tan poco tiempo. De una forma perversa.

La foto que te envío debería servirte como recordatorio de ayer. Estoy inflamada y todavía necesitada. ¿Quizás puedo ir hoy después del trabajo y ser tu enfermera?

Mientras tanto, tengo las piernas abiertas bajo el escritorio y la falda levantada. Deslizo los dedos sobre la tela de mis bragas y noto mi clítoris hinchado, listo y palpitante para que lo toques. Lo está deseando. No creo que pueda trabajar hoy en este estado: cachonda.

Aparto las bragas y muy despacio paso la mano por mi coño hinchado, mis dos dedos corazón se abren paso dentro del hueco y gimo. Me siento bien. Mis fluidos corren como incitados por mi tacto y los extiendo hasta mi clítoris, dando vueltas sobre él. Toda la sensación hace que mis piernas se abran más, y ahora mi palma frota mi clítoris, cada vez más rápido hasta que siento que mis caderas me desobedecen e intentan golpear mi mano, yendo y viniendo sobre la silla. Mis entrañas están demasiado sensibilizadas y sólo necesito un pequeño empujón para entrar en el frenesí de mi orgasmo, chorreando en mi mano, haciendo que mis piernas y mi coño se mojen de corrida, algo que creo que tú apreciarías si estuvieras aquí.

Amo, no podría pasar el día si no me hubiera corrido hace un momento y sólo espero que este email te satisfaga.

Atentamente,

Eva

***

**Punto de vista de James Knight.**

Sonrío para mis adentros mientras la sigo con la mirada; ese sexy balanceo de sus caderas, ese culo alegre, no quiero que se vaya.

Vale, será mejor que me controle o Sullivan podría pensar que me alegro de verle. Me pregunto qué noticias tendrá.

«Sr. Knight, no esperaba que recibiera visitas fuera de su familia inmediata y su personal esencial. No sé quién es esta mujer, pero espero que pueda confiar en que no le venderá a los buitres de la entrada. Es una locura ahí fuera; todos quieren un trozo de tu carne».

Arroja un montón de periódicos sobre mi mesa auxiliar, todos ellos conmigo y con Ella en la portada, sin duda.

«Esto no le concierne, Sullivan, era una visita personal. ¿Tiene alguna noticia… No, permítame reformularlo. ¿Alguna buena noticia?»

«Siento discrepar, Sr. Knight. Como su abogado que intenta sacarle de todo este lío, ahora mismo todo me preocupa. La única buena noticia es

que está en libertad bajo fianza de quinientos mil 
dólares y si los médicos lo permiten, podría estar en 
casa esta tarde.»

«Sí, bueno, yo no lo veo así y a usted le 
pagan más que suficiente para mantener sus 
narices fuera de mi vida personal. Sigamos 
adelante, ve a buscarme un médico que pueda 
darme de alta en este hospital; quiero irme a casa 
hoy». Le hago irse; está arruinando el buen humor 
que me trajo la visita de la señorita Roberts y me 
obliga a enfrentarme a la fea realidad.

Mientras él desaparece, reviso el montón de 
periódicos que hay en mi mesa auxiliar. El titular 
del primero dice: «¡Feas verdades tras la bonita 
fachada del joven multimillonario! James Knight 
detenido y hospitalizado tras agredir 
presuntamente a su amante secreta». Arrugo el 
periódico entre las manos. *Malditos buitres, 
intentando vender más de sus inútiles tonterías 
utilizando mi nombre. Seré el dueño de todos estos 
supuestos periódicos cuando les demande por 
calumnias cuando se sepa la verdad. Al diablo con*

*esto, no vale la pena matar mis neuronas preocupándome por todo este lío.*

Decido concentrarme en los negocios en su lugar; cojo mi teléfono para comprobar cómo ha afectado este feo lío a mi empresa y a sus acciones. Temo que los inversores empiecen a retirarse y el valor de la empresa baje. He trabajado demasiado duro para construir esta empresa hasta lo que es ahora como para dejar que eso ocurra. Inmediatamente empiezo a revisar todos mis emails relacionados con el trabajo y vuelvo a llamar a los inversores preocupados para tranquilizarlos.

Después de hacer mi trabajo, lo último que me queda por comprobar es mi email personal.

Ver un mensaje de la señorita Roberts en mi bandeja de entrada me pone de mucho mejor humor de inmediato. Hago clic para abrirlo y mi polla salta a la vida cuando me recibe una encantadora vista del húmedo coño de la señorita Roberts. Todavía puedo recordar su sabor en mi boca mientras disfrutaba comiéndomela ayer por la mañana. Mi mano se desliza discretamente bajo la ligera manta del hospital y mis dedos se enroscan alrededor de mi endurecido pene. Oh Dios, sí, sienta bien; le doy unas cuantas caricias firmes. Quiero que mi Dra. Roberts venga y me haga sentir mejor.

Mientras mi mano izquierda exprime mis frustraciones, empiezo a escribir una respuesta a mi médica favorita.

***

Para: E. R

Asunto: Re: Baile de máscaras

De: J. K.

Fecha: 01/29 1:18 p.m.

Estimada Dra. Roberts,

En cuanto a tu pregunta sobre el baile de máscaras, la respuesta es sí, tengo previsto participar en él siempre y cuando me recupere para el sábado y, por supuesto, me acompañes a esta encantadora función. Tienes razón, es para todos los empleados de Encuentros Virtuales; pensé que estaría bien mostrar mi agradecimiento por el trabajo que hacéis.

Por supuesto, todo este asunto de que todo el mundo lleve máscaras podría resultar confuso, pero estoy seguro de que podría encontrar una bonita cadena o correa para que la lleves y no te pierdas. ¿Te gustaría que te llevara un collar alrededor del cuello o un par de pinzas sujetas a tus pezones erectos y sujetas con una cadena? Mmmm, esto me da algunas ideas excitantes.

¿Te gustaría ver lo que tu amo está haciendo ahora mismo? Espero que esta foto adjunta satisfaga tu curiosidad. Por favor, doctora Roberts, ven a visitar a tu solitario paciente herido cuando tengas ocasión. Me siento sonrojado y hay cierta dureza persistente en la parte inferior de mi cuerpo, temo que pueda estar sufriendo algún síntoma de abstinencia por haber estado separado de tu hermoso coño durante demasiado tiempo.

Por favor, ten piedad y tráeme la medicina que necesito. Creo que una dosis de un buen y duro

embate de tu húmedo y goteante coño me curaría 
del todo. Y luego una dosis de tu boca mágica en mi 
polla dura y palpitante fortalecería mi sistema 
inmunológico como un tratamiento completo de 
vitaminas. Y sabes, he leído que el semen es muy 
beneficioso para las mujeres, así que recibirías un 
buen cóctel de endorfinas y serotonina que haría 
que tu piel brillara con resplandor y te curaría de 
cualquier signo de mal humor. Mmhmm... Sí... 
Doctora Roberts, por favor, date prisa y trae tu 
lindo culo hasta aquí, tu paciente necesita 
urgentemente tu ayuda.

Mi presión sanguínea ha subido, mi 
respiración se ha vuelto superficial y siento 
pulsaciones y presión acumulándose en un 
apéndice unido a mi región pélvica... ohhh... Creo 
que tus delicadas manos son necesarias para 
manejar esta peligrosa situación. Por favor, date 
prisa, tu paciente podría estar en estado crítico.

Atentamente,

James

*** 

Adjunto una foto de mi miembro hinchado y envío el mensaje a mi pervertida doctora Eva. Mientras tanto, mi mano cuidadosa termina su trabajo y alcanzo la cima de mi satisfacción. Me ayuda a frenar mi apetito por el momento, pero ni siquiera se acerca a las maravillas que pueden hacer la boca o el apretado coño de la señorita Roberts. Cierro los ojos recordando las fantásticas sensaciones de ayer, permitiéndome unos minutos de éxtasis hasta que mi abogado regresa con un médico y mis papeles de puesta en libertad.

Los golpes en la puerta me despiertan de mi corta siesta y un médico alto y apuesto de pelo rubio entra en la habitación. Su etiqueta con el nombre pone Patrick Sinclair.

«Buenas tardes, Sr. Knight. ¿Cómo se encuentra? ¿Algún mareo o desmayo? ¿Alguna náusea?»

«No, me encuentro bien, Dr. Sinclair. Sólo quiero salir de aquí e irme a casa. ¿Puede darme el alta para que pueda hacerlo, por favor?»

Se acerca a mí y me ilumina los ojos con su linterna, cegándome. «De acuerdo, todo parece estar bien; creo que podría ser dado de alta esta tarde, Sr. Knight. Le recetaré algunos anticoagulantes durante una semana, por si acaso se nos ha escapado un coágulo de sangre de su conmoción cerebral; lo disolverán y lo sacarán de su torrente sanguíneo. Deberá evitar la actividad física extenuante durante unos días».

«¿Define 'extenuante'? ¿Estamos hablando de nada de sexo?» le pregunto con voz seria, aunque puedo ver el humor en esta pregunta.

«Sí, señor Knight, me refiero a nada de sexo», responde, ligeramente incómodo.

«¿Podría pedir otra opinión? Porque el médico que he visto esta mañana estaría en total desacuerdo». No puedo resistirme a meterme con el Dr. Sinclair; por alguna extraña razón siento que siento una inexplicable antipatía por él. Y entonces veo que sus ojos me lanzan una lanza de celos cuando le lanzo mi comentario jocoso.

«Perdone mi curiosidad, pero ¿cuál es la naturaleza de su relación con la señorita Roberts, señor Knight? Es una querida amiga mía y no permitiré que acabe aquí en una condición similar a la de cierta joven que estoy seguro que usted conoce de sobra.»

«Dr. Sinclair, admiro su voluntad de proteger a su 'amiga', pero sus acusaciones son erróneas. La señorita Roberts está muy segura conmigo; nadie tocará jamás un pelo de su cabeza sin pasar antes por mí. La joven de la que habla es el verdadero peligro y yo que usted tendría cuidado con lo que digo».

«Bueno, será mejor que mantenga a Eva a salvo, porque si alguna vez resulta herida, con mucho gusto volveré a meterle en esta cama personalmente, Sr. Knight».

«Lo mismo digo, Dr. Sinclair».

Mientras el buen doctor sc va, mi abogado vuelve a entrar con algo de ropa para mí y una silla de ruedas.

«Señor Knight, he hecho algunos progresos. La Srta. Robbers accedió a retirar los cargos si se reunía cinco minutos con ella. Los agentes de policía, su equipo de seguridad y yo estaremos esperando fuera todo el tiempo, listos para entrar en cualquier momento. Creo que debería considerar esta oferta».

«Deje la ropa y espere fuera mientras me visto. Escucharé lo que tenga que decir».

Sale y me visto a toda prisa. Dejo la silla de ruedas al salir de mi habitación y encuentro a Anthony y al Sr. Sullivan esperando.

«Sr. Knight, tiene que usar la silla de ruedas, es el reglamento del hospital», me dice mi abogado.

«Me importa un cuerno, no voy a dejar que me empujes como a un cojo. Ahora vamos, acabemos con esto para que pueda dejarlo atrás e irme a casa».

Cogemos el ascensor hasta la quinta planta y me detengo un momento para recomponerme antes de llamar a su puerta.

Cuando entro, está medio sentada en su cama, apoyada en una montaña de almohadas detrás de ella. Tiene las manos cruzadas sobre el regazo y me sigue con una mirada aterradora. Doy unos pasos moderados, me siento en la silla junto a su cama y me inclino lo más lejos que puedo de ella.

«Amo... Has venido», susurra a medias, sonriéndome con tristeza.

«No me llames así, sabes que nunca más podré ser eso para ti, así que déjate de juegos y dime ¿qué es lo que quieres? Sabes que estás acabada, en cuanto terminen de recoger y analizar las pruebas en tu apartamento verán que te lo has inventado todo, así que ¿qué quieres de mí?»

«James... ¿puedo llamarte así? Nunca pude llamarte así; sólo Amo o Sr. Knight. Pero ella puede llamarte así, ¿no? Lo siento, no quería que pasara esto. Por favor, perdóname». Grandes lágrimas empiezan a rodar por sus mejillas magulladas.

«Entré en pánico… Te me escapaste de las manos y te estaba perdiendo. No sabía qué hacer, me enfadé tanto y, agarré el jarrón… Todo se convirtió en una bola de nieve a partir de ahí. Me moriré sin ti… Por favor, no me dejes, James, por favor… Te quiero».

«Ella, no sé lo que es el amor, pero esto no es amor. Esto es obsesión. Necesitas ayuda. Conozco a alguien que podría recomendarte un médico para ayudarte a lidiar con esto. Pagaré todos los honorarios si aceptas dejarme a mí, y a mis allegados, solos para siempre. Es lo máximo que puedo ofrecerte. Si no aceptas mi oferta emprenderé acciones legales y pagarás las consecuencias de tus mentiras». Intento mantenerme lo más frío posible y no ceder a mi deseo de levantarme y salir de aquí tan rápido como pueda.

Ella guarda silencio durante algún tiempo, secándose las lágrimas con la mano y contemplando mi oferta. Finalmente habla.

«¿De verdad la quieres?»

Ya estoy harto de que se oponga a todos mis esfuerzos por ayudarla, así que me levanto y me dirijo hacia la puerta. *¿La amo? Sí, maldita sea, amo a la señorita Roberts.*

Es casi un momento de déjà-vu cuando alcanzo el picaporte de la puerta y casi espero que me golpee de nuevo en la cabeza, pero no viene ningún golpe, sólo el sonido de su pregunta, «¿Y esto?» rebotando en las paredes, y un pequeño trozo de papel rectangular con letra gris que me detiene en seco.

~ ~ ~

Final de la Parte Tres

La historia continua en Ráfagas de Deseo IV

# RÁFAGA DE DESEO IV

## Alexandra Iff

# CAPÍTULO 4.1

## Punto de vista de James Knight.

¿Un padre? ¿Yo? O debo de estar loco o me he golpeado la cabeza más fuerte de lo que pensaba para estar siquiera pensando en esto. ¿Qué clase de padre sería yo? Ese niño no puede ser mío. Estaría mejor así.

Vuelvo lentamente a su cama y cojo la pequeña foto gris, su ecografía. Durante lo que me parece una eternidad, miro fijamente al pequeño bebé con forma de judía y la cabeza y el cuerpo claramente definidos.

«No es posible que éste sea mi hijo... Tú... tomabas la píldora. ¿En qué momento dejaste de tomarla? CONTESTA!» Le digo bruscamente.

Se encoge en la cama e intenta esconderse bajo las sábanas, temblando. Le quito las sábanas; tiene los ojos llenos de lágrimas.

«Por favor, no te enfades conmigo… Yo… yo… me olvidé de tomarla un día… no era mi intención… fue un accidente», dice en voz muy baja.

«¿Un accidente?» eso suena tan absurdo que ni siquiera tengo palabras para ello; de repente empiezo a reírme histéricamente. «Accidente… Sólo un accidente… 'Ooops' me resbalé y me caí - ¡eso es un accidente! Y esto… Bueno, esto es un bebé y no un accidente. ¿Cuándo ocurrió este 'accidente'?»

«Hace poco más de tres meses…» empieza a secarse las lágrimas de la cara.

«¿Y no me lo dijiste? Sabes que averiguaré si este niño es mío, ¿verdad?». Digo casi rezando para que sea algún tipo de error o sólo un mal sueño.

«Sí… es… tuyo…»

«¿Y qué esperas que haga? ¿Que me arrodille y te pida la mano?»

«Sólo quiero que formes parte de su vida».

«No parece que ahora me hayas dejado muchas opciones en ese asunto, ¿verdad?». Me arrastro los dedos por el pelo con frustración. «Joder…»

«¿Sabes ya la fecha del parto?» pregunto, calmándome y bajando la voz.

«Todavía no… Me harán la ecografía mañana, creo», responde con miedo.

«Si este bebé es realmente mío quiero que esté sano».

«El único peligro para este bebé es el de esa loca de tu novia. Me amenazó», se queja ella entre dientes apretados.

«¿Te amenazó a TI? ¡Le tiraste un botellazo y me mandaste al hospital! Considérate afortunada de que eso sea todo lo que hizo», le gruño.

*Esto es nuevo para mí; no sólo Eva fue a verla sino que también parece que la amenazó.*

«Estoy cansado de esto… ¿Podemos acabar ya con esta farsa? Quiero irme a casa. Considerando tu estado, podrían dejarte ir fácilmente. Aunque seguro que los polis se cabrearán al ser engañados». Me froto la mano sobre los ojos cansados.

«Diré la verdad, sólo prométeme que la mantendrás alejada de mí». Parece asustada de Eva. ¿Qué habrá hecho para asustarla así?

«Créeme, creo que ella quiere que te mantengas alejada tanto como tú a ella».

No mucho después de salir de su habitación del hospital, mi abogado me llamó; Ella cambió su declaración, se retiraron todos los cargos contra mí. Incluso recibí una disculpa a regañadientes del policía gorila que me sujetó. Apuesto a que se sintió bastante estúpido por haber sido engañado por una actriz tan mala como Ella.

Sin embargo, no hay forma de que me dejen ir fácilmente. Y si ese bebé no es mío, se merecerá otra cosa: ¡mi ira!

Por fin termino mi papeleo, me dan el alta en el hospital y soy libre para irme a casa. Sólo tengo que atravesar el aluvión de periodistas en la entrada principal y luego una lluvia de paparazzis que anidan en la puerta de seguridad del aparcamiento de Knight House. Bombardeados con cientos de flashes de sus cámaras nos apresuramos a entrar en las entrañas del edificio.

Ahora tendré que tener más cuidado cuando esté en público, ya que probablemente me acechen los paparazzis durante un tiempo. No querría que captaran el olor de la señorita Roberts; eso sólo sería la guinda del pastel que buscan todos los periodistas de la prensa amarilla. Internet estaría al rojo vivo de vomitar fotos mías con mi «otra» mujer misteriosa antes de que el polvo de mi reciente y escandalosa «amante secreta» tuviera ocasión de asentarse.

Saliendo del ascensor, me dirijo a mi dormitorio, quitándome la ropa por el camino. Enciendo la ducha y la pongo a un buen chorro de vapor caliente, con la esperanza de quitarme el olor a lejía y medicamentos. De pie bajo el agua hirviente, con chorros punzantes salpicando mi cuerpo, la sensación es catártica. El peso del día se deshace de mis hombros y se arremolina por el desagüe con la espuma jabonosa. Mis músculos se desenrollan y se relajan, pero parece que toda la tensión fluye hacia mi polla, que ahora mismo está dura como una roca… Joder… Un polvo duro es lo que necesito ahora. Ojalá la señorita Roberts estuviera aquí; la embestiría contra esta pared de azulejos y llenaría su suave y apretado coño con mi polla.

Dios, ¿dónde está mi doctora Roberts cuando la necesito? Sólo ella tiene la medicina que puede ayudarme ahora mismo.

Me seco, me pongo mi suave bata de seda, acaricio mi dura erección unas cuantas veces y voy a buscar mi teléfono. Creo que es el momento de tramar un plan para conseguir que la Dra. Roberts vea a su paciente favorito.

Echo un vistazo a mis contactos y veo que Anthony ya ha puesto el número de Eva, así que le doy un toque.

«¿Diga?» Oigo su dulce voz mientras contesta al teléfono.

«Buenos días, ¿es la consulta de la Dra. Roberts?»

«Um... Sí. Sí que lo es». La oigo sonreír.

«Doctora, me temo que mi estado ha empeorado. Me preguntaba si hace visitas a domicilio».

«¿Te han dado el alta? ¿Ya?» Suena un poco confusa.

«Sí. Ella retiró los cargos. De alguna manera ella piensa que mi vida es un juego. Todavía me duele la cabeza por sus mentiras. Pero no hablemos de ella ahora. Eva, por favor, dime que vendrás a mi casa».

«Claro, estaré encantada de visitarte en casa».

«Vivo en la esquina de la calle Virginia y la 4ª Avenida. Ten cuidado con los paparazzi que esperan fuera de mi edificio de apartamentos. Creo que es mejor que deje el coche en el aparcamiento de la 4ª Avenida, enfrente de Knight House, y luego entre por la entrada principal del recibidor.»

«Sí, entonces eso es lo que haré».

«Utiliza el ascensor más alejado de la entrada e introduce el código 037751* en el panel».

«Estaré allí en treinta minutos; puedes empezar a prepararte para su intervención, Sr. Knight. La doctora está de camino», ronronea seductoramente al teléfono. «Hasta pronto, James».

«Contando cada segundo, doctora Roberts».

## Punto de vista de Eva Roberts.

Bien, esto es lo que he estado esperando todo el día: su llamada telefónica. Habría ido al hospital, pero esto es mucho mejor. Allí tendría que soportar a Patrick otra vez.

Mirando la hora, tengo dos horas más hasta que pueda irme a casa; tengo que pensar en una buena razón para decirle a Catharine por qué tengo que irme ahora. Sobre todo porque esta mañana he llegado tarde y también me han regañado por ello. *¡Ya lo sé!*

Voy al despacho de Catharine; está al teléfono y me hace un gesto para que entre.

«¿Sí, Eva? ¿Qué puedo hacer por ti?» Dejando el teléfono sobre su escritorio, me mira directamente a los ojos. Vaya, directa al grano. Sin ninguna cortesía.

«Um, Catharine, sabes lo del baile del sábado, ¿verdad?»

«Sí, lo sé». Interesada, se inclina hacia delante. «¿Por qué?»

«Bueno, ¿ya has comprado tu traje?»

«Um… no. ¿Por qué? ¿Lo has hecho?»

«Estaba pensando en ir ahora a comprarlo. Hay una tienda al otro lado de la ciudad y tengo que ir antes de que cierre por hoy. Al parecer tienen los mejores disfraces de Los Ángeles, aunque un poco caros. Aun así, me gustaría ver si hay algo que pueda permitirme».

Sus ojos brillan y sé que he dado en el blanco. Ella daría cualquier cosa por ser el centro de atención.

«¿Oh? ¿Cómo se llama?»

«No lo recuerdo de memoria, pero te enviaré un enlace a su página web. Podrás ver lo que tienen».

«Oh… sí, sí, por favor, hazlo. Y ya puedes irte. Vete. Pero no olvides enviarme un email».

«Lo haré. Gracias Catharine».

Sé exactamente cómo es ella. Y con un nuevo jefe alrededor, sé que ella haría cualquier cosa para complacerlo, incluso si eso significa vestirse con miles de dólares en disfraces.

Salgo de la oficina a toda prisa, pero no antes de enviar a Catharine un enlace de la tienda de disfraces más cara de Los Ángeles, la que está más lejos de donde nos encontramos. Estoy casi segura de que irá allí a primera hora de la mañana. Puedo apostar por ello.

Mientras conduzco hacia Knight House, a la dirección que me dio James, decido dar un rodeo hasta mi casa y cambiarme de ropa. Sé que apreciará que su médica llegue vestida adecuadamente.

Entro en mi piso y, sin querer perder tiempo, me deshago rápidamente de toda mi ropa y me pongo mi liguero negro con tirantes. Engancho a él mis medias, añado encima mis bragas negras de encaje y me pongo los tacones. Finalmente me envuelvo en mi gabardina color crema. Al mirarme en el espejo, pienso que me falta algo. Al fin y al cabo soy una médica. Reviso rápidamente mi cajón lleno de destornilladores, clavos y cinta adhesiva hasta que tengo suerte y encuentro uno rojo. Me pego una pequeña cruz roja sobre los pezones. ¡Ya está! Creo que ya estoy lista.

## Punto de vista de James Knight.

Me pongo los vaqueros y saco una botella de vino blanco del enfriador y unas aceitunas en escabeche de la nevera. Me sirvo un vaso y espero a que Eva aparezca mientras pico algo.

Aproximadamente media hora después, oigo abrirse la puerta del ascensor y me apresuro a encontrarme con ella en el recibidor.

Hipnotizado, observo cómo camina lentamente hacia mí con su atuendo tan sexy. Lleva una gabardina color crema y tacones negros con medias. Casi se me salen los ojos de las órbitas cuando se quita el abrigo: lo único que lleva debajo son unas bragas negras transparentes de encaje, un liguero con ligas atadas a las medias y unas pequeñas cruces rojas sobre los pezones en lugar de sujetador.

«¿No deberías estar en la cama, descansando, señor Knight?», me sonríe con picardía, relamiéndose sus labios salaces de color rojo, mientras sus ojos brillantes recorren mi cuerpo semidesnudo.

«Estaba descansando, sólo me levanté para saludarte», le respondo, devolviéndole la sonrisa y devorando descaradamente su cuerpo con la mirada.

«Qué bien, gracias. Estás *buenísima*, … será mejor que compruebe si tienes fiebre». Coloca la palma de su mano derecha sobre mi mejilla izquierda y presiona su propia mejilla contra la mía.

«Mmmm… sí, caliente, pero sin fiebre. Comprobemos entonces el ritmo de tu corazón; parece latir muy deprisa por alguna razón…» se ríe y presiona su mejilla contra la región de mi corazón. Mordiéndose su labio sexy escucha los latidos de mi corazón.

«¿Estás nervioso, señor Knight? Su corazón late deprisa y su respiración parece agitada. Me pregunto cuál podría ser la causa de esto».

«Quizá el hecho de que quiero follarte aquí mismo, en este sitio». Doy un paso repentino hacia delante, atrapándola contra el estrecho armario del recibidor. La subo al mostrador, ella rodea mi cintura con sus piernas y su espalda se apoya en la pared detrás de ella.

«Ohhh… Mmm, síiii… eso lo explicaría». Engancho mis dedos bajo sus bragas transparentes, ya empapadas de sus jugos, deslizándolas hacia un lado. Liberando mi dura polla de los vaqueros, saco un preservativo del bolsillo trasero y lo rasgo con los dientes. En un rápido movimiento, sin ayuda de nadie, lo desenrollo sobre mi polla y la introduzco profundamente dentro de ella.

«Ahhhh… ¡Joder!» gruño entre dientes, mientras sus pliegues sedosos envuelven mi miembro dolorido. Retrocedo y vuelvo a empujar con fuerza en sus profundidades, golpeándola contra la pared.

Ella gime entrecortadamente; sus uñas recorren mi columna vertebral y, clavándose en mi espalda, me empuja más profundamente dentro de ella mientras empiezo a empujar violentamente, llevándomela toda conmigo. Meto la mano en su pelo, descubriendo su cuello; muerdo y lamo su garganta, sin dejar de follar su apretado coño.

«Ohh… ¡Joder…!» Estoy a punto de explotar. Mi polla se agita y siento que sus paredes también se tensan y palpitan.

En el momento en que sus gemidos se convierten en un largo quejido, la suelto mientras

oleadas de placer nos envuelven a los dos. Apoyo la 
cabeza en su hombro, recuperando el aliento 
mientras sus dedos me peinan el pelo; los dos 
jadeamos y tratamos de recuperar el aliento…

## **Punto de vista de Eva Roberts.**

Miro fijamente la oscuridad, despierto, en 
paz por primera vez en meses. Joder… James 
Knight puede follar. Es lo que le va. Aunque todavía 
tengo mis dudas sobre ser su sumisa, sin duda me 
lo estoy pensando, en serio esta vez. Echar un 
vistazo a su estilo de vida me hizo temblar de 
miedo. Pero no debo sacar conclusiones 
precipitadas, como él dijo. Necesito experimentarlo 
todo al menos una vez y luego tomar mi decisión. 
Está dispuesto a esperarme y eso es lo que me 
gusta. Llevarme a su dormitorio y hacerme el amor 
por tercera… cuarta vez en la noche fue increíble. Y 
quedarme dormida en sus brazos fue… ah…

Ruedo hacia su lado, enredo mis piernas con 
las suyas y pongo mi brazo sobre su cuerpo, 
abrazándolo. Está durmiendo plácidamente y por la 
pequeña rendija de luz que entra por las cortinas 
observo su rostro. Perfecto. Cierro los ojos y vuelvo 
a quedarme dormida.

«Quítate de encima...quítate...No...no me toques...no...» Oigo a James en mi sueño y yo también murmuro, sin estar segura de si esto es un sueño o no, intentando despertarme de mi letargo. «¿Dónde estás...? ¿Dónde...? ¡No! ¡No! ¡Noooo!»

Los gritos rebotan en las paredes, dominando el silencio mortal y ambos nos despertamos de un salto, mirándonos el uno al otro, confusos y empapados de sudor.

# CAPÍTULO 4.2

**Punto de vista de James Knight.**

Puedo ver el miedo y el horror familiares reflejados en sus ojos desorbitados. Nuestros pechos suben y bajan rápidamente, señal de nuestra respiración agitada, que intenta aspirar el preciado oxígeno en nuestros pulmones resecos. Extiendo mi mano hacia su divino rostro, para rozar un mechón empapado en sudor de su sedoso cabello que se aferra a su mejilla, de repente cobra vida y se abalanza sobre mí. Sus brazos rodean mi cuello, casi ahogando la respiración ya superficial de mi garganta; presiona su cálida mejilla contra mi pecho y puedo sentir la humedad caliente empapando mi piel mientras unos sollozos silenciosos sacuden su cuerpo.

Aprieto su esbelto cuerpo contra mi pecho como se haría con un niño pequeño y rozo con mi mano su cabello disperso, tranquilizándola, besando la parte superior de su cabeza, presionando mi mejilla contra ella.

«Shhhh… Estoy aquí, estás a salvo… Todo está bien ahora… Sólo fue un mal sueño… Shhh…»

Se calma un poco, pero no afloja su apego; en todo caso sólo se hace más fuerte, como si temiera que me desvaneciera si me suelta. Sus labios rozan mi pecho, trazando una pequeña porción del camino que han seguido sus lágrimas.

Finalmente, pronuncia con voz diminuta: «Tú también las tienes… ¿verdad?».

¿Debo decírselo? Sé que se asustará… Entierro la nariz en su pelo e inhalo su embriagador olor, liberándolo en un profundo suspiro. «Tengo unos diez años. Me despierta el crujido de la puerta. Está oscuro. Huelo el hedor a alcohol barato, calcetines apestosos y sudor antes de poder ver la figura oscura acercarse a mi cama. De repente siento que una mano callosa y áspera me tapa la boca. Pertenece a mi…». Gotas de sudor frío me cubren la cara y la garganta se me seca en un instante.

«No…», se escapa de mis labios, silencioso como una sola respiración. Empiezo a temblar por la oleada de náuseas que me golpea. Desenredando con fuerza sus manos de mi cuello, salto de la cama y hago una rápida carrera hacia el cuarto de baño jusio a tiempo para vomitar mis tripas en el retrete.

Limpiándome la boca, me dirijo al lavabo para enjuagarme y me echo un poco de agua en la cara cubierta de sudor. Cierro el grifo y levanto la vista hacia el espejo que cuelga sobre el lavabo. Mis ojos se fijan en la silueta blanca como un fantasma que se refleja ante mí y veo mi pasado. El maldito bastardo me sonríe con sus feos dientes amarillos. Puedo oír su risa retumbar en mis oídos.

Siento que las tripas se me retuercen en un nudo. Mis manos se agarran a los lados del lavabo en un agarre como de mordaza. Mi cuerpo tiembla como una hoja y aprieto los ojos intentando olvidar… Olvidar lo que acabo de desenterrar… El horrible recuerdo olvidado y enterrado en lo más profundo de la mente de un niño de diez años maltratado.

«No… No. NO. NOoo.» los puños de mis manos destrozan el espejo sobre el lavabo. «Te he matado… Te he matado, cabrón de mierda… ¿Me oyes?… Estás muerto, joder…». Caigo de rodillas, cubriéndome la cara con las palmas de las manos escocidas. Huele a hierro… Puedo saborear la sangre caliente y pegajosa que corre por mi cara. «¿Ves la sangre? Es tu sangre, puto cerdo… Yo te maté… Yo te maté, joder… Tú no…» Me balanceo de un lado a otro sobre mis rodillas. «…no me violaste». Le susurro roncamente y salto hacia atrás cuando alguien me toca el hombro.

Es Eva; su rostro manchado de lágrimas está angustiado. Se lleva la mano a la boca al verme.

«¡James! Dios mío, ¡estás sangrando!», grita con su voz de pánico. Agarrando la toalla blanca de rizo que cuelga del lavabo, se precipita sobre sus rodillas y envuelve mis manos sangrantes.

«¡Hay mucha sangre! Necesito limpiar y taponar la herida. ¿Tienes un botiquín por aquí?», me pregunta mientras intenta evitar que las lágrimas rueden por sus mejillas; moqueando, intenta concentrarse en su tarea.

«Sí, debajo del lavabo...» volviendo de ese horrible lugar en el que estaba hace sólo un segundo, intento aligerar el pesado ambiente. «¿Qué haría yo sin mi doctora Roberts aquí?» y consigo arrancarle una leve sonrisa y una risa mitad ahogada, mitad sollozo.

«¡Levántate! Tengo que pasar esto por debajo del agua; tenemos que limpiarte la herida». Nos ponemos de pie y ella coloca cuidadosamente mis manos bajo el chorro de agua tibia. Cuando el agua se lleva la sangre revela varias heridas y rasguños en mis nudillos. Mordiéndose el labio, pellizca suavemente con unas pequeñas pinzas y saca un pequeño fragmento de cristal brillante clavado en la herida. Enjuagando de nuevo los cortes bajo el agua, me seca las manos y me aplica un poco de alcohol esterilizante que escuece; luego me lo cubre con una venda grande para taponarme por completo.

«Eso debería bastar por ahora», me dice, guardando el botiquín y pasando la toalla que ha utilizado por agua fría. «También tienes sangre en la cara», me frota la cara con la toalla húmeda, limpiándome.

La miro en silencio mientras hace todo esto y cojo su cara entre mis manos, besándola en los labios. Luego deslizo mis manos por su cuerpo desnudo y la recojo en mis brazos para llevarla de vuelta a la cama.

«Mi ángel», le susurro en el pelo mientras le beso la frente. Su expresión cambia ligeramente y sus ojos se centran en mi rostro.

«Un momento de déjà-vu», dice mientras la tumbo en la cama.

## Punto de vista de Eva Roberts.

¿Qué le digo? ¿Cómo empiezo esta conversación? ¿Que si ha sido violado cuando era niño? Sus pesadillas superan las mías. ¿Cómo le consuelo?

«No te preocupes, cariño», me dice, como si supiera lo que pasa por mi cabeza. «No tienes que decir nada».

«Ven, túmbate a mi lado». Es lo único que puedo decir.

«Siento que hayas tenido que presenciar esto… a mí… en mi peor momento», dice mientras se sube, «no era mi intención».

«No digas lo siento. Sólo intentas limpiar los escombros de tu pasado». Sí, de eso se trata.

«Sólo que no lo hice». Sonríe amargamente. «¿Quieres contarme tu sueño?»

«No hay nada que contar». Intento evitar el tema y me doy la vuelta. Una pesadilla por noche es suficiente para los dos. No sé cómo reaccionará mi cordura ante lo que voy a decir.

«Eva, está bien. Me he enterado. Sé que alguien te dejó. Los estabas buscando en tu sueño». Me besa la nuca y pasa su brazo por encima de mi cuerpo. «¿Tan malo fue? ¿Te rompió el corazón?», me susurra en el pelo.

«No es lo que piensas». Sacudo la cabeza y me giro para mirarle.

«No tienes que decírmelo; está bien».

Me apoyo en la cama de forma que estoy medio sentada, haciendo que él haga lo mismo. Sé que las palabras me traerán dolor, el que siempre está ahí, recordándome mi culpa, pero respiro hondo y empiezo.

«Yo… perdí a mi hermano…» Ignoro el nudo en la garganta. «…y a menudo lo busco en mis sueños…». Hacía años que no decía estas palabras en voz alta a nadie y oírme hablar me trae tantos recuerdos. Rompo a llorar y me derrumbo en sus brazos casi de inmediato.

«¿Tu hermano?», se queda perplejo, «…Pero…Tú no tienes hermano…».

«¡Sí lo tengo! ¡Sí tengo un hermano!» grito entre sollozos. «¡Cómo te atreves a decir que no lo tengo!»

«Vale… vale… te creo Eva…» su voz es tranquilizadora y me rindo, llorando entre sus brazos, incapaz de decir nada más. Ya está. Mi obsesión ha permanecido en el fondo, a raya, durante mucho tiempo pero ahora está fuera, lista para acosarme y… no sé si estoy preparada para ello otra vez…

## Punto de vista de James Knight.

«Shhh…Está bien…estará bien…lo prometo. Dios, no sé qué haría si perdiera a mi hermanita». Froto mis manos suavemente sobre su espalda.

«Solía tener más hermanos hace mucho tiempo… no de sangre, pero hermanos al fin y al cabo. Éramos cinco. Tres hermanas adoptivas y un hermano. Emily era la más joven, sólo tenía cuatro años. Martha y su hermano gemelo Jake tenían ambos seis y Kylie ocho. Yo era el mayor». Empiezo a contarle la historia de mi infancia para distraerla de su propia pena y calmarla.

«Nuestros padres adoptivos eran unos apestosos alcohólicos. Nos tenían como animales, sólo para conseguir la paga cada mes y se gastaban la mayor parte en alcohol. Tenía una vieja cadena para perros… la usaba para pegarnos… Yo siempre me llevaba la peor parte intentando proteger a los demás».

«Dios mío, James, eso es horrible… lo siento mucho». Se limpia los ojos con las palmas de las manos y me mira con sus ojos tristes pero impresionantemente azules.

«Un día no pude soportarlo más… no podía dejar que volviera a hacerle daño a nadie, así que saqué a escondidas un cuchillo de la cocina y le apuñalé varias veces antes de que me arrojara de su espalda. Nunca olvidaré la mirada de sus ojos cuando sacó el cuchillo y salió tras de mí. Y la sangre… oh, la sangre estaba por todas partes. Su pie resbaló y cayó por las escaleras rompiéndose el cuello. Mis pesadillas reproducen esta escena cada vez, para que nunca olvide lo que hice…» una lágrima rueda por mi ojo izquierdo mientras termino de hablar.

«No es culpa tuya, James. No deberías culparte por lo que hiciste. Se merecía lo que le pasó. ¿Te…?» se detiene, no está segura de cómo hacer la pregunta, pero está claro lo que quiere decir. Cierro los ojos intentando enterrar de nuevo ese pensamiento enfermizo en lo más profundo de mi memoria.

«Sí… he bloqueado el recuerdo de mi mente durante tanto tiempo y ahora vuelve a mí…». Le suplico con la mirada que ponga fin al tema por ahora.

«Lo siento mucho… Todo por lo que has tenido que pasar…» me besa suavemente en los labios, pasándome las manos por el pelo y yo le devuelvo el beso, saboreando la salinidad de mis propias lágrimas en ella.

«Intentemos dormirnos».

Los brazos enredados y el ritmo de nuestros latidos y respiraciones sincronizados pronto nos tranquilizan y nos quedamos dormidos.

## Punto de vista de Eva Roberts.

Probablemente sea muy temprano cuando mi vejiga me despierta; necesito desesperadamente hacer mis necesidades y, tratando de no despertarle, desenredo lentamente nuestros brazos y me dirijo de puntillas al cuarto de baño.

El cristal hecho añicos sigue en el suelo, el espejo roto tiene sangre por todas partes y yo, sorteando competentemente los fragmentos de cristal, me siento en el váter, hago mis necesidades y salgo rápidamente del cuarto de baño, ignorando a propósito todo el desorden.

Mientras camino hacia la cama veo a James durmiendo boca arriba con los dos brazos estirados por encima de la cabeza y la rodilla doblada ligeramente hacia fuera; sus contornos se ven claramente a través de la seda en la que está envuelto. Lo que llama mi atención es la protuberancia entre sus piernas, notablemente grande y curiosamente sobresaliente. Qué espectáculo. No pudiendo ignorar su físico, tiro suavemente de la esquina de la sedosa funda y, como por arte de magia, se desliza fácilmente por su cuerpo sin ningún enganche. Su glorioso cuerpo desnudo es asombroso. A la luz de la mañana tiene un aspecto tan apacible, la translucidez que rebota en él brilla sobre mí y a través de mí y… En este preciso instante sé que lo deseo más que a nada en el mundo. Me arrastro lentamente por la cama, me coloco a horcajadas sobre sus rodillas y desciendo hasta su duro miembro, dándole una larga y húmeda lamida desde la base de los huevos hasta la punta. Repito la misma acción unas cuantas veces hasta que oigo sus gemidos excitados. Alarga la mano hacia mi lado y, al darse cuenta de que no estoy, levanta la cabeza buscándome y en el momento en que nuestros ojos se encuentran en la penumbra de la habitación me meto su polla en la boca, profundamente, hasta la base, rozando mi garganta con su cabeza.

«Oh… ¿Qué estás haciendo? …Joder…», gime, medio dormido mientras empiezo a mover la cabeza, dura y concentrada, sintiendo cómo su polla inflexible se vuelve más firme, cómo sus venas estallan. Mi objetivo está claro; quiero saborearlo, hacer que se corra en mi boca.

«Espera… Arghhh… Joder, Eva… ¡Joder!» sus dedos se enredan en mi pelo y siento sus puños presionando mi cabeza.

«¿Quieres chupármela? Arghh…» recuperando el control empieza a follarme la boca violentamente, cada vez más fuerte y firme.

«¡Vamos! Argh…Joder…» unas cuantas caricias más y se queda quieto dentro de mi boca, una oleada de semen caliente se dispara por mi garganta y me trago hasta la última gota de su salada esencia.

«Ah…joder…Eva…» su respiración ronca se calma. «Nunca me había despertado así…». Le miro y me limpio los labios con el dorso de la mano, sonriendo. «…¡Nunca! Ven aquí». Me acerca a él y me besa apasionadamente, su lengua saborea el sabor salado de mi boca. «Eres increíble», me susurra.

«Y tú eres…» Noto su polla clavándose en mi muslo y alzo las cejas, «¿dura otra vez…?».

«No pensabas que había terminado, ¿verdad?» acariciándose arriba y abajo lentamente, sólo para asegurarse de que está ahí y de que está lista, sonríe satisfecho. «Ven». Me coge de la mano y me lleva fuera de la cama, doblando mi espalda para que quede boca abajo sobre ella. Estoy inclinada sobre la cama y siento su aliento en mi cuello, mientras me acaricia la oreja con los labios, susurrándome lentamente. «¿Estás lista, Eva?»

Estoy desnuda y mojada, chupársela hizo que mis fluidos brotaran sin control y ahora, inclinada con el trasero levantado estoy casi goteando. ¿Estoy preparada? Sí, lo estoy. Coge la funda de seda del suelo y me cubre por completo excepto el culo, ahora saturado de mis fluidos; estoy esperando, a que me toque… a… cualquier cosa. Bajo la funda, mi respiración hace que el aire sea caliente y húmedo y me siento acorralada, pero lo único que hago es concentrarme en mi culo desnudo. Esto, no saber cuándo empezará a follarme, anticiparme, me está volviendo totalmente loca. Y entonces lo siento. En realidad, oigo un desgarro del envoltorio y siento sus manos en mis nalgas, abriéndolas; su polla dura no necesita guía. Se ha levantado y entra deslizándose lentamente, haciéndome gritar.

«Mmmmhhmmm…» su gruñido me lleva al cielo, su polla me dilata y una vez dentro del todo, se detiene mientras clava sus garras más profundamente en mis caderas. Intento retroceder pero él me sujeta con firmeza y empieza a sacar lentamente cuando gimo bajo la sábana.

«Mmmm… paciencia…» Ya completamente fuera, vuelve a clavarse dentro de mí y entonces empieza; con cada golpe agresivo de su polla gimo. He estado esperando esto, sus enérgicos empujones, y ahora que utiliza cada gramo de fuerza de su cuerpo me está follando brutalmente y, joder, me encanta. ¡Me encanta! Necesito unas cuantas embestidas más para correrme y sentir mi punto álgido, lo único que hago es concentrarme en ello cuando le oigo.

«Te siento… apretándote alrededor de mi polla… Argh… Te siento tan bien, Eva».

«Ah……no pares…» Gimoteo; le necesito dentro, follándome duro, y él cumple. En el momento en que empiezo a sentir de todo, me quito la sábana sedosa que me cubre e intento volver a entrar en él para acelerar mi orgasmo, pero él me sujeta con fuerza, aún penetrándome violentamente, alargando de algún modo mi clímax. Siento que oleadas de placer me inundan y me pierdo, oleada tras oleada de rayos orgásmicos envolviendo mi cuerpo.

## Punto de vista de James Knight.

Me corro sobre ella, gotas de sudor recorriendo mi espalda, nuestros corazones latiendo violentamente, los pulmones engullendo el aire caliente saturado de nuestras embriagadoras secreciones líquidas. Mi cuerpo envuelve lentamente el suyo; permanecemos tumbados fundidos así, disfrutando de los rayos del sol matutino que se cuelan por las ventanas de mi dormitorio. Una conmoción, alguien que entra en mi piso y se dirige directamente al dormitorio, nos devuelve a la tierra. Sólo Pamela, mi hermana, tiene la llave de mi apartamento.

«Maldita sea, espero que te estés tirando a tu representante de relaciones públicas o has perdido completamente la cabeza». grita Pamela mientras abre la puerta de golpe.

«¡Lárgate de una puta vez! No puedes irrumpir aquí así e invadir mi intimidad, Pamela». le grito a mi caprichosa hermanita.

«¡Cuando tus cagadas me están arruinando la vida me siento con derecho a devolvértela! Ahora manda a la puta a paseo y vístete, tienes mucho que explicar», me grita, cerrando la puerta de un golpe.

«¡Mierda! Siento que hayas tenido que presenciar eso, Eva». Me zafo de ella y la ayudo a levantarse. «Sólo está enfadada y confusa; es prácticamente una condición de base para todas las adolescentes de diecisiete años».

Su cara está roja de vergüenza; se está mordiendo el labio. «James, no tengo ropa excepto mi gabardina que dejamos en el suelo del vestíbulo».

«No te preocupes por eso. Toma - coge esto,» le paso una de mis camisetas grandes y un par de boxers, mientras me pongo mis vaqueros y me pongo una camiseta también. Salimos de mi dormitorio y nos encontramos a Pamela navegando por los canales de televisión y tecleando furiosamente algo en su teléfono. Al levantar la vista, lanza a Eva una mirada de disgusto y me sorprendo cuando recibo una mirada aún más fría en mi dirección. Siento una punzada de vergüenza y decepción conmigo mismo cuando me doy cuenta de que probablemente me merezco algo peor, porque ahora todos mis sucios secretos cuidadosamente guardados están saliendo a la luz y también están haciendo daño a mi familia, no sólo a mí.

«¿Por qué sigue aquí? ¿Y por qué lleva tu ropa?» Pamela se burla de Eva.

«¡Cuida lo que dices, jovencita! ¿Qué te pasa?» Intento razonar con mi malcriada hermana pequeña.

«¿Ah, sí? Perdona, ¿debería llamarla 'acompañante cara'? ¿Suena mejor así? James, una chica supuestamente embarazada de tu hijo sale del mismo hospital en el que tú estuviste ayer, ¿y qué haces? Te vas a casa y te tiras a otra zorra», responde con un sarcasmo mordaz, pero puedo oír cómo enmascara el dolor de su voz. «¡Todos estamos afectados, sabes!»

«¡Cuida tu lenguaje! Espera, ¿qué? ¿De dónde has sacado esto?» No puedo creer lo que oigo.

«Está en todas las noticias; lo anunció a la prensa en cuanto le dieron el alta en el hospital. No te hagas el sorprendido cuando las chicas con las que te acuestas en secreto deciden volver a acostarse contigo después de que las dejas. Todos mis amigos están hablando de ello en facebook y twitter!» agita su teléfono en el aire para dar énfasis.

«Ni siquiera puedo aparecer en la escuela hoy sin que todo el mundo esté como, 'OMG, tu hermano esto, tu hermano lo otro'. Estoy cansada de vivir en tus sombras... Lo juro, a veces desearía poder decírselo a todo el mundo: mi hermano está muerto, murió antes de que yo naciera», me lanza acusadoramente, pero enseguida, la furia de sus ojos se apaga, apagada por las lágrimas no derramadas que pinchan en las comisuras de sus ojos. Su mano corta el escozor de su voz mientras se tapa la boca.

«No quería decir eso, James... Lo siento mucho...» Sacude la cabeza e intenta evitar sollozar mientras sus ojos llorosos suplican mi perdón.

Sus palabras fueron hirientes, pero sus lágrimas me hacen sentir que realmente las merezco, porque soy yo quien debería pedir perdón.

Pamela se levanta de un salto del sofá y casi me tira al suelo con la fuerza de su abrazo que me aplasta los huesos. Llorando ahora abiertamente en mis brazos, me recuerda la conexión afectiva que compartimos y cómo solía consolarla todas aquellas veces cuando era más joven, mucho más joven.

«Soy yo quien debería disculparse». Le froto y acaricio la espalda tratando de consolarla. «Siento mi desastrosa vida. Esa chica, Ella, es sólo una ex novia amargada y le cuesta dejarme ir. Mira mi cabeza, casi me mata cuando le dije que se alejara de mí. Realmente no sé si el bebé es mío o si se trata sólo de otro montaje para mantenerme cerca. Su intento de tenderme una trampa por supuestamente agredirla consiguió mucha atención mediática, pasando de víctima a villana; está intentando ganarse su simpatía de nuevo y volver a centrar la atención en mí. Te prometo que arreglaré todo esto, hermanita». La miro y le limpio unas lágrimas que ruedan por sus mejillas. «Esta es Eva Roberts, mi novia». Me vuelvo hacia Eva y noto cómo rápidamente intenta ahuyentar las lágrimas de sus preciosos ojos azules.

«Eva, ésta es mi hermana pequeña: Pamela Knight. ¿Por qué lloras Eva?» Realmente no sé cómo imaginaba que se desarrollaría esto, yo presentando a mi novia a mi hermana. Quizá aplaudir, chillar de alegría, abrazarse y planear un viaje de compras al centro comercial sería demasiado, pero ¿lágrimas?

«No es nada, … lo siento, sólo veros a las dos teniendo un momento hermano/hermana así… Hola, encantada de conocerte Pamela». Se recompone y con una sonrisa ligeramente torpe en la cara extiende la mano a mi hermana, que la coge indecisa y con un tono de voz apenas educado que tiene la suficiente torpeza para no sonar hostil, responde: «Uhhh, tú también, supongo...».

La televisión nos interrumpe mostrando los anuncios de las noticias de la mañana. Están reproduciendo el clip de Ella dando su declaración a los periodistas reunidos en el hospital y más tarde siendo llevada en un Mercedes negro. *¿Es ese el coche de Laura?* ¿Qué demonios hace recogiendo a Ella?

# CAPÍTULO 4.3

## Punto de vista de Eva Roberts.

¿Qué me pasa? ¡Cuando alguien me insulta, no me quedo sin habla! ¡Nunca me quedo sin habla! ¡Les digo lo que pienso! Pero esta vez... sus palabras no significan nada. No me hacen daño. Es sólo una hermana que cuida de su hermano. ¿Y quién soy yo para interponerme entre ellos? Me recuerdan cómo habría sido mi vida si las cosas hubieran sido diferentes. Sí, irrumpió entre nosotros y sí, fue embarazoso, ¡pero es su hermana! Yo habría actuado igual si mi hermano estuviera cerca. Viéndolos, no puedo evitar que las lágrimas resbalen por mis mejillas. Mi vida está realmente jodida. Ahora me doy cuenta de que debería dejarlo pasar. Debería liberar a mi hermano. Ha pasado demasiado tiempo, toda mi vida. Creo que ya es suficiente. Me está afectando demasiado. Acaba de llamarme puta y no puedo decir nada debido a su relación.

De repente me doy cuenta de que ella es la menor de mis preocupaciones ahora mismo; *¡llegaré tarde al trabajo! Dios, ¡no lo he pensado bien!*

«¡Mierda! ¡No debo llegar tarde al trabajo otra vez!» Miro a James con pánico. «¡Y no tengo nada que ponerme aquí!»

«¿Trabajo? Eva, ¡no puedes ir hoy!» me agarra por la parte superior de los brazos. «Por favor, llamaré a Catharine si tengo que hacerlo...» me suplica con los ojos. Obviamente, no quiero decir más delante de su hermana pero no quiero ceder. Necesito mi trabajo. Me encanta mi trabajo. Es lo que hago.

«James», doy un paso atrás y busco sus manos, que ahora caen en las mías. «Te veré más tarde; está bien». Los ojos de Pamela me hacen un agujero en el cuerpo mientras veo que sus labios se ponen en línea recta.

Sé que no está contento pero tampoco está dispuesto a discutir. Mira su reloj. «Yo también voy a trabajar. No sé qué efecto tendrá toda esta situación en mi empresa y no puedo arriesgarme. Tengo que contener la fuga».

Entra en su dormitorio y mientras se viste, aprovecho para buscar mi gabardina. Al verla junto

a la entrada, la cojo y, poniéndomela, espero 
torpemente a que salga.

«Pamela, no quiero que te veas arrastrada a 
mi drama», me grita cuando sale, todo vestido y 
listo. «Debes esperar al menos quince minutos 
antes de salir». De pie junto a ella, la mira a los 
ojos, asegurándose de que escuchará sus 
instrucciones.

«¡Uf... tienes razón! ¡No quiero el drama de 
nadie ahora mismo! ¡El mío es suficiente!» resopla 
y, cogiendo una revista del estante, se sienta en el 
sofá, ya con cara de aburrimiento.

«Encantado de conocerte, Pamela», le digo 
mientras nos vamos, pero ella no responde; quizá 
no me ha oído.

«Por favor, no le haga caso. Es joven y .... es 
sólo eso. Es joven». James se avergüenza; el 
comportamiento de su hermana es grosero pero es 
normal, al fin y al cabo tiene diecisiete años.

«Estoy bien. De verdad. No te preocupes.» 
¿Qué puedo decir? ¿Que odio a tu hermana? No la 
odio. La entiendo. Me encantaría poder enfadarme 
también con las novias de mi hermano.

«Anthony debería estar abajo, 
esperándome», dice mientras pulsa el botón de 
llamada del ascensor, «Saldremos por la entrada

del vestíbulo principal». James habla como un hombre con una misión. «Deberíais salir fácilmente sin ser vistos por la puerta del aparcamiento».

«Claro».

Una vez dentro y cerradas las puertas, James se vuelve hacia mí y me acaricia suavemente la mejilla con el dorso de la mano.

«He pasado una noche increíble, Eva».

«Yo también». Me pongo de puntillas para alcanzar sus labios y al ver que él también se inclina, nos besamos suavemente. No quiero separarme de él, nunca.

Después del beso, todo pasa muy deprisa. Salimos del ascensor y, al momento siguiente, estoy recogiendo mi coche, dirigiéndome a casa, poniéndome la ropa de trabajo y conduciendo hasta el trabajo. Todo eso en menos de treinta minutos. Mi mejor marca personal.

Llego a mi despacho a las nueve y media y mientras me reclino en la silla pensando que lo he conseguido, la voz de Catharine me sobresalta al asomar la cabeza.

«¡Eva! ¡A mi despacho! ¡Ahora!» deja la puerta abierta, esperando que la siga.

*¡Mierda! ¡Otra vez estoy metida en un lío!*

Hago lo que me dice y una vez en su despacho, me siento, esperando mi próxima bronca, observándola atentamente. El brillo de sus ojos me confunde.

«¡Mira esto!» De su armario sale este ridículo disfraz. *No habla en serio… ¿verdad?*

«¿Y? ¿Te gusta?»

«Sí… sí me gusta». Mierda, ¿debería ser honesta? «Es realmente genial.» *Demasiado tarde ahora.*

«Pensé que esto serviría. Sabes, para alguien en mi posición, realmente debería estar vestida para el papel», continúa.

«Pero… ¿quién es? Qué es… quiero decir… ¿quién serás?». *¡No es momento de tartamudear, Eva!*

«¿No lo sabes? Es Madame de Pompadour, la amante oficial de Luis XV».

«¡Oh! ¡Es genial!» *¿Qué puedo decir? A cada cual lo suyo.*

«¿Compraste algo ayer?»

«¿Yo? Oh… Um… No. No pude encontrar nada adecuado. Tendré que seguir buscando», digo con falso pesar en la voz pero, a juzgar por la falsa sonrisa de su cara, se alegra de que no encontrara nada.

«¡Oh! ¡Vale, vete ya! ¡Hay trabajo que hacer, jovencita! Estoy segura de que encontrarás algo que ponerte para el viernes».

Libre para irme, salgo demasiado contenta y no puedo evitar darme cuenta de que la gente susurra en la oficina. Miro a Maya y está hablando en voz baja con otras tres chicas apiñadas a su alrededor. *¿Qué está pasando?* Sin llamar la atención, me detengo junto a la fotocopiadora y la toqueteo, intentando escuchar su conversación, pero sólo consigo distinguir algunas frases.

«… afirma que está embarazada de él». «… aventura secreta desde hace mucho tiempo…» «¿Crees que se declarará?» «Su hijo será tan lindo…» «¿Crees que aparecerá en el baile con ella?»

*¿QUÉ?*

¡Arghhh! Quiero darme la vuelta y gritarles -¡Es mío! ¡Todo mío! Y esa chica, ¡está loca! Pero no puedo. Simplemente… ¡No puedo!

## **Punto de vista de James Knight.**

Me paso los dedos por la corbata; sé que está recta, sus hábiles deditos la han alisado; lo sé, es sólo una costumbre mía. No sé quién está más tenso en este momento, si Anthony o yo, ya que estamos a punto de cruzarnos con las cámaras de los fotógrafos dirigidas hacia mí. Por supuesto, Anthony siempre parece a punto de enfrentarse a un grupo de muyahidines armados. Todavía tiene de vez en cuando pesadillas propias de Afganistán e Irak. Está dañado, como yo, que es probablemente la razón por la que me gusta tenerlo cerca.

Eso y el hecho de que es el mejor en lo que hace. Me hace pasar por delante de todos los buitres y entrar en la seguridad del coche que me espera en cuestión de segundos, escaneando constantemente los alrededores y evaluando la situación; nos apresuramos hacia mi coche e inmediatamente nos dirigimos al trabajo.

Tras un corto trayecto en coche, nos detenemos en el aparcamiento subterráneo del edificio de mi oficina.

«Hemos llegado, Sr. Knight».

Al salir del ascensor toda la conversación de la sala se apaga de inmediato y puedo oír el tintineo de mis zapatos mientras camino por el suelo de mármol, en dirección a la sala de conferencias.

Todo el rumor sobre mí en las noticias ha atraído a todos los cotillas del edificio. Me aclaro la garganta y echo a todos los que no tienen nada que hacer en esta planta.

«No recuerdo haber convocado una reunión de toda la empresa. Volved a vuestros lugares de trabajo, gente… mientras siga siendo VUESTRO lugar de trabajo».

Hay un alboroto de pasos, en su mayoría de mujeres, que se dirigen hacia los ascensores y la escalera, acompañados de susurros en voz baja. Cuando el bullicio se ha calmado, invito a las personas que quería ver a la sala de conferencias. Son mi equipo de «gestión de crisis», como yo las llamo: Regina Martin, jefa de Relaciones Públicas; Tony Castello, jefe de Fusiones y Adquisiciones y la mejor banquera de inversiones que Wall Street podía ofrecer; Caroline Newman, jefa del Departamento Jurídico, junto con mi abogado, Frederic Sullivan; y, por supuesto, Garry Stevens, jefe de Contabilidad.

«Por favor, tomen asiento», comienzo la reunión mientras tomo mi propio asiento en la cabecera de la mesa, «Y ya puedes empezar, Regina». La presión de los últimos días se le nota en la cara, al igual que las incontables tazas de café que estoy seguro ha estado bebiendo; casi se está retorciendo en su silla con todas las preguntas y cosas de las que informar.

«Gracias, Sr. Knight. Los medios de comunicación se están volviendo locos con la declaración que la señorita Robbers ha hecho hoy a la prensa. Su nombre está apareciendo en los buscadores más veces que Rihanna, Chris Brown y Lindsay Lohan juntos. El número de tweets, retweets y mensajes de facebook crece a cada minuto. No tengo suficientes personas para escanear todos los sitios de medios de comunicación y blogs que le mencionan. Los periodistas están llamando prácticamente sin parar; Denise Wilkins, que fue la primera en publicar la historia sobre usted y la señorita Robbers en el hospital, está pidiendo una exclusiva. Dice que su redactor jefe en el canal Cinco está dispuesto a extender un cheque de ciento cincuenta mil dólares si usted les da la primicia. Y doscientos cincuenta mil si acepta salir en su programa de entrevistas vespertino junto con la señorita Robbers». Su capacidad para decir tantas palabras de un tirón y tan rápido siempre me ha asombrado.

«Respira Regina», arrugué el entrecejo, «Lo que me pregunto es cuánto están dispuestos a pagarle a Ella sólo por su versión de la historia».

«Caroline, averigua en qué tipo de problemas legales se ha metido el hermano de la señorita Robbers. Sé que hubo una comparecencia ante el tribunal la semana pasada en Las Vegas. Averigua si podría estar necesitado de dinero… Demonios, averigua sobre todos sus parientes cercanos. Quiero informes completos, pídeles a Anthony y Johnson que te ayuden con eso. Necesitamos órdenes de censura e investiga todos los cargos que puedas presentar. En otras palabras, prepara el palo, Srta. Newman».

«Lo haré, señor Knight, pero ¿qué hay de la propia señorita Robbers? Estoy segura de que sus acciones han incumplido los acuerdos del contrato, así que tenemos motivos para demandarla». Caroline y el Sr. Sullivan intercambian asentimientos de acuerdo sobre el posible curso de la acción legal.

«Podría perjudicarla más demandándola por un motivo diferente al incumplimiento de su acuerdo contractual. Pero por el momento, no quiero procesar a la posible madre de mi hijo. Esperemos a que lleguen los resultados. Y prefiero no arriesgarme a que los medios se enteren del contrato en primer lugar».

«¿Entonces es cierto? ¿Cuál es nuestra declaración oficial, Sr. Knight?» Regina salta enseguida y sigue hablando sin detenerse siquiera a dejarme contestar. Esa mujer es una petarda; simplemente no hay quien la pare y lo único más rápido que ella hablando es inventándose historias de mierda más rápido que la velocidad de la luz.

«¿Deberíamos hilar alguna historia sobre cómo os conocisteis y lo duro que fue salir en secreto y la presión se convirtió en demasiado para Ella así que actuó cuando decidisteis que lo mejor era terminar la relación? Al mismo tiempo la noticia de quedarse embarazada y las hormonas asociadas a ello la hicieron cometer algunos pasos irracionales. Pero está muy contento con la noticia de ser padre y probablemente buscará reunirse con la señorita Robbers... ¡Oh esto es brillante, podemos darle un giro muy positivo a esto!» Da una palmada, la chispa vuelve a sus ojos y ya está listo para otros doce asaltos sin dormir. «¿Qué tal un compromiso sorpresa? Podrías pedir su mano en alguna celebración próxima», chasquea los dedos, «El baile de máscaras, eso podría funcionar, tendríamos que invitar a algunos periodistas, claro».

«¡NO!» mis palmas aterrizan en la superficie de cristal de la mesa con un fuerte golpe y salgo disparada de mi silla, haciendo que se caiga. «¡Nada de eso! Puede que sea la madre de mi hijo, pero nunca será mi esposa. ¿Queda claro? Nada de historias ni de putos periodistas en el baile».

Mi repentino arrebato ha dejado atónita a Regina, pero como toda buena periodista se recupera rápidamente. «Pero, ¿por qué? Esto lo suavizaría todo muy bien; podría ser todo ficticio, sólo jugar para las cámaras. Nada hace mejores relaciones públicas para un hombre de negocios que la imagen de un hombre de familia feliz».

Tengo que admitirlo, nadie más se atrevería a hacerme esa pregunta.

«Porque siento algo por otra persona». ¿Acabo de decir eso en voz alta? Prácticamente he dicho que estoy enamorado de Eva. Mierda… estoy enamorado… «No más preguntas, no tientes a la suerte, Regina. Mi declaración oficial por ahora es 'Sin comentarios'. Los medios ya me han invadido lo suficiente, no tengo que narrarlo para ellos también.»

«Ahora, antes de que me interrumpieran quería dar la otra parte de mis instrucciones para el Sr. Stevens. Garry, crea un pequeño fondo discrecional para los familiares de la señorita Ella. Yo diría que unos cinco millones deberían ser suficientes por ahora. Esa será la zanahoria. Frederic, tú les presentarás sus opciones; ponte en contacto con ellos y pídeles educadamente que se abstengan de cualquier comentario a la prensa. Concierte una reunión personal con cada uno de ellos para esta tarde o mañana. Quiero ver los informes sobre ellos antes de dar el visto bueno final».

«Entendido, Sr. Knight, lo haré», asienten con la cabeza. Nadie más parece tener más objeciones a mi plan, así que paso al siguiente asunto.

«Tony, vale… no endulces nada, sólo dime… ¿cómo de graves son las consecuencias? ¿Cómo van las acciones de la empresa?» Aprieto los dientes, intentando prepararme para el peor de los casos. Bueno, técnicamente el peor caso sería que las acciones se fueran a cero, pero eso es prácticamente imposible. Una caída de alrededor del 30%, eso es lo que temo, sería malo, pero aún manejable. Una pérdida de 5.000 millones de dólares sería un precio muy alto a pagar por este escándalo; algo más y la empresa podría quebrar.

«Hubo algunas fluctuaciones y las acciones no se comportaron tan bien como de costumbre, sólo un aumento de 1,3 puntos, definitivamente no fue el mejor día para Knight House, pero la aceleración se ha ralentizado significativamente, el patrimonio neto a partir de ahora es de 15.913 billones». Está mirando los gráficos de su tablet, con una ligera preocupación en el rostro.

¿Acabo de oírle bien? Aumento… ¿cómo es posible?

«¿Acaba de decir aumento? Temía una caída catastrófica, ¿y me dice que hemos ganado 13 millones de dólares desde ayer? Yo lo consideraría un buen día; ¿por qué no está contento por ello?»

«Sí, pero el crecimiento se ha ralentizado significativamente en comparación con la semana pasada; las acciones se desaceleraron casi tres veces. Eso no es una buena señal a largo plazo».

En ese momento Silvia, mi asistente, llama a la puerta de la sala de conferencias y me dice que tengo una llamada esperando en mi despacho. Es de Laura.

«¡La reunión ha terminado! Ya sabéis lo que tenéis que hacer». Salgo furioso de la sala, en dirección a mi despacho.

Cojo el teléfono y grito en el teléfono *«¡Maldita zorra!»*. Al menos así es como lo oigo en mi cabeza, pero en realidad mi voz suena por debajo de cero cuando hablo.

«Laura», le digo.

«James, querido, qué alegría oír tu voz. Siento molestarte en el trabajo, sé lo ocupado que estás, pero tengo a alguien aquí que quiere hablar contigo», murmura con su voz de serpiente, intentando transmitir lo amiga cariñosa que es.

«¿Sobre qué? No estoy seguro de querer hablar con nadie ahora mismo». En realidad, creo que estoy completamente seguro de que son las últimas personas con las que quiero hablar, pero intento no ser un completo gilipollas.

«Oh, James, no seas tan gruñón, ¿no estás emocionado por la gran noticia?»

«Estoy tan emocionado que creo que debería tener a mi abogado presente», gruño, el sarcasmo goteando por cada uno de mis poros. Respiro hondo, conteniendo la respiración, intentando que este revoltijo de emociones no nuble mi juicio.

«¡James, en realidad hoy estamos de celebración! Nuestra preciosa niña ha salido del hospital y lleva una nueva vida en su interior, ¿no es una noticia maravillosa?»

«Tendrás que disculparme, pero no estoy precisamente de humor para celebraciones», digo fríamente. «Ponme a Ella al teléfono». Cuando oigo la voz de Ella saludando, pierdo los nervios. «¿Por qué demonios le has contado a la prensa lo del embarazo? ¿Buscabas hacerte famosa? ¿En qué estabas pensando?» Estoy tan enfadado que apenas puedo contenerme.

«Lo dije porque es la verdad. Llevo a tu hijo, yo - no ella. ¡No esa zorra!»

«¡No te atrevas a llamarla así!» *¿Así que todo era para herir a Eva?* Esto es insólito para mí, que me manipulen así; ahora conocen mi única debilidad e intentan utilizarla contra mí. No puedo permitírselo, tengo que calmarme y mantener mis emociones bajo control a partir de ahora.

«¿Y ahora qué? ¿Cómo te imaginas que va todo? ¿Te pido que te cases conmigo, deslizo un enorme anillo de diamantes en tu dedo y vivimos en una elegante casa de las afueras, felices para siempre? ¿Yo hago de tu amante marido y tú finges ser mi abnegada esposa? Ja, ja, lo siento, este es un papel que nunca he previsto en nuestro repertorio de juegos de rol», me río irónicamente.

«Yo… sólo quiero que mi hijo tenga un padre. Sé lo que es crecer sin uno».

«Si es mi hijo, me aseguraré de ello».

«Es tuyo».

«Necesitaré pruebas concluyentes. Haremos una prueba prenatal de paternidad, hay una que se llama SNP Microarray y no es invasiva, pero casi 100% precisa y puede hacerse hoy. Esto no es negociable, Ella. Y una cosa más: no más entrevistas a la prensa».

«De acuerdo. Um… ¿James? Puedo tener problemas con la policía por … um… mentir. Por favor, prométeme que cuidarás del bebé si me llevan» Susurra al auricular.

«Le diré a Silvia que te reserve una cita. Ella te dará los detalles». Dejo el teléfono de golpe en su soporte, descargando mi frustración en este inocente aparato electrónico. ¿A qué juegos está jugando ahora? ¿No puede estar pensando en serio que quedaría impune después de todo lo que ha hecho?

~

En un último intento de recuperar el control sobre mi vida, decido llevar a Eva a conocer a mi familia esta noche. Quiero que la conozcan antes de que se desate el infierno. Ahora mismo, todo se centra en torno a este bebé y eso la ensombrece. Eva es la que hace girar mi mundo. ¡No Ella! Y si resulta que el bebé es mío entonces, como le dije a Ella, me aseguraré de ocuparme de él.

Vuelvo a coger el teléfono y marco su número. Joder, ¿cómo hace para que la necesite tanto?

«Eva».

«James, hola». Su dulce voz me tranquiliza de inmediato. «¿Cómo estás?»

«Mucho mejor, gracias». Hago una breve pausa. «Eva, ¿estás libre esta noche?»

«¿Esta noche? Sí, lo estoy. ¿Por qué?», responde inocentemente.

«Me gustaría que conocieras a mis padres».

«¿No es… Quiero decir… ¿no es un poco pronto?»

«Bueno, no voy a pedirte que salgas con ellos, todavía». Intento aligerar el ambiente y la oigo sonreír incómoda.

«Oh…»

«¡Bien!» aliviado, suspiro interiormente. «Te recogeré a las ocho en punto».

«A las ocho», repite. «Hasta luego, entonces».

Cuelgo e inmediatamente marco el número del móvil de mi madre.

«Hola mamá, ¿cómo estás?»

«¡No me digas 'mamá', James, quiero saber qué pasa con tu vida! ¿Está en todas las noticias y somos los últimos en enterarnos?» parece furiosa. «¿Vamos a ser abuelos o no?», respira hondo y está a punto de continuar con la regañina cuando la interrumpo rápidamente.

«Vendré esta noche a cenar y traeré a alguien conmigo. Te lo contaré todo entonces».

«¿Con quién vienes? No con la novia embarazada, ¿verdad? James, ella es…»

«¡Mamá! ¡Basta!» La corto de nuevo. «Ella no, es otra persona».

«¿Entonces quién?», insiste.

«Te la voy a presentar esta noche. Deja de ser tan impaciente».

«Pamela ha conocido a alguien y también quería que le conociéramos esta noche. No te importaría que vinieran, ¿verdad?»

«Haz lo que quieras. Te veré esta noche a las ocho».

# CAPÍTULO 4.4

**Punto de vista de Eva Roberts.**

Me deslizo en mis tacones de aguja rojos justo cuando suena el timbre de la puerta. Vuelvo a mirarme en el espejo de cuerpo entero; nunca me había parecido tan adecuado este vestido de seda roja como esta noche. Se desliza por mi cuerpo y, sin embargo, no me aprieta demasiado. Fluye libremente.

Me dirijo a la puerta, la abro ligeramente y me apoyo en el marco, dejando que James me absorba por completo. El fuego que siento entre las piernas desde esta mañana sigue ahí, crepitando.

«¡Vaya… estás… increíble!» sus ojos recorren todo mi cuerpo.

«Gracias». Sonrío y le invito a pasar, señalándole el salón.

«Yo… creo que me he quedado sin palabras».

«Oh, por favor, es sólo un vestido». Le meto dentro y cierro la puerta tras él. «¿Qué tal hoy, James? ¿Cómo estás?» Pregunto, preocupada.

Su mano se desliza alrededor de mi cintura, deteniéndose en la parte baja de mi espalda, pero sus dedos siguen vagando, intentando sentirme bajo el vestido. Es la seda. Hace que los hombres adultos se rindan ante ella. Se inclina más cerca y murmura contra mi mejilla. «Algo mejor por haberte visto».

Le beso y me retiro.

«En serio, ¿cómo estás? Había muchas noticias sobre ti en la televisión e internet».

«No escuches las noticias. Son todo mentiras. Ya lo sabes».

«Sí, lo sé. James…»

«Por favor…» me está mordisqueando deliciosamente la oreja. «Hablemos de eso más tarde. Ahora, quiero probarte…»

Presionando su cuerpo de cuerpo entero contra el mío siento su protuberancia a través de mi vestido de seda; un gemido silencioso escapa de mis labios mientras aprieto más fuerte contra él.

«Prepárate para que te destroce». Su respiración se vuelve agitada y, aunque siento que mis fluidos afloran, doy un paso atrás, alarmada.

«¿Ahora?» Estoy arreglada, mi pelo está perfecto y mi maquillaje también. Por mucho que me gustaría que pasara algo ahora, no es conveniente.

Al ver mi angustia, sonríe encantadoramente.

«Bueno, siempre podemos hacerlo más tarde».

«Sí, exactamente lo que pienso». Sonrío.

Creo que mis bragas están empapadas y al sentarme en el coche noto aún más la humedad. El bulto de James no baja y veo que se frota de vez en cuando.

«Odio decir esto pero», apoyo la cabeza en el asiento del coche y le miro, deseosa, «estoy empapada».

«Joder, Eva, no me hagas esto. Mi polla ya está dura».

Se arregla mejor los vaqueros para dejarse más espacio dentro y yo sonrío con picardía.

Alarga la mano sin dejar de mirarme mira de nuevo a la carretera y lentamente empieza a acariciarme la pierna, subiendo mi vestido muy suavemente y, llegando al vértice entre mis piernas, sus dedos pasan por encima de mis bragas húmedas.

«Joder, estás mojada». Las aparta suavemente y con las yemas de los dedos frota mi humedad, mojándolas y…

«¡James!» el coche se desvía peligrosamente en la carretera y yo grito. Él gira rápidamente el volante y lo endereza.

«¡Mira por dónde conduces, por favor!»

«¡Lo hago!» él también se escandaliza pero no aprende la lección. «Hazlo tú. Tócate tú», le ordena con voz ronca.

«Es demasiado peligroso», afirmo y extiendo la mano hacia su polla, acariciándola a través de los vaqueros y susurrándole al oído.

«Pero que sepas esto: Estoy mojada y necesitada de ti, y al final de la noche… probablemente estaré suplicándote».

«Lo harás». Frustrado, se aparta ligeramente de mis labios rozando su oreja y me mira. «Te lo prometo».

~

Conocer a su madre y a su padre no fue según mi plan. Todo parecía tan… normal. Supongo que esperaba… en realidad, no sé muy bien qué esperaba porque, bueno, no he conocido a los padres de nadie antes. Huh. No sé por qué le doy tanto significado. Todo fue genial. Su madre es una mujer encantadora. Aunque debo decir que no esperaba ver allí a Pamela.

«Me alegro de volver a verte, Pamela». Sonrío y le tiendo la mano para que la coja. Me pregunto si todavía me culpa por la situación de James.

«Hola». Me estrecha la mano con frialdad pero su emoción es palpable. Vaya. Puede ser simpática. Y también sonriente.

«James, este es Gordon, mi novio.» se gira hacia él. «Gordon, éste es mi afamado hermano, James». y, por supuesto, me mira a mí. «Y su novia».

«Encantado de conocerte, Gordon». James le estrecha la mano.

«Sí, igualmente». Me mira y sonríe. «Soy Gordon.»

«Esta es Eva.» James me rodea cariñosamente la cintura con la mano y me guía hasta mi silla, que está justo enfrente de la de Gordon.

~

No queriendo compartir información sobre su vida, especialmente no delante del nuevo novio de Pamela, James está en la cocina con sus padres, posiblemente discutiendo sus asuntos de actualidad, mientras yo estoy aquí en la mesa, sentada frente a Pamela y Gordon.

«¿Cuántos años tienes, Eva?» pregunta Gordon.

«Tengo veinticuatro. ¿Y tú?»

«Veintidós».

«Oh, pensaba que tenías la misma edad que...» Sacudo la cabeza. «No importa. ¿Dónde os conocisteis?»

«El destino nos unió», interviene Pamela, sonriendo. «Los dos estábamos esperando un café en Starbucks y le dimos el mismo nombre a la camarera. Así que cuando gritó 'Café para Naranja' los dos fuimos a por la misma taza». Se miran con cariño.

«¿Naranja?» Estoy confusa.

«Sí, para ahorrarme tiempo… y confusión. Hay muchos Gordons por Los Ángeles, ¿lo sabías?». explica Gordon, sonriendo satisfecho. «Y al parecer, también Pamelas. El naranja es simplemente gracioso».

«Así que, sin saberlo, los dos estábamos usando la misma palabra», exclama Pamela, sonriendo.

«Oh, ya veo». Sonrío torpemente mientras miro hacia la cocina, esperando que James me salve.

«Eva, perdona que te pregunte, pero ¿te conozco de algo?». Gordon nos sorprende tanto a mí como a Pamela con su pregunta.

«Um… creo que no», esto es inesperado. ¿Le conozco? No lo sé. Él también me parece extrañamente familiar, pero que le den. Espero no haberme acostado con él. Espera… no lo he hecho. Nunca he estado tan borracha en mi vida.

«¿Dónde trabajas?» pregunta y ahora Pamela es toda oídos. Ella también quiere saberlo.

«En Encuentros Virtuales Ltd.» Veo la cara de preocupación de Pamela y trato de salvar la situación. «Gordon, estoy segura de que me has confundido con otra persona. Nunca olvido los nombres ni las caras».

«Tal vez». Me mira fijamente, aún intentando recordar, me doy cuenta. Sus ojos… Dios, sus ojos son tan familiares.

«Um…Eva, siento lo de esta mañana.» Pamela intenta cambiar de tema.

«Está bien, Pamela. No te preocupes». *¡Gracias a Dios!* Gordon realmente no lo estaba dejando pasar.

«Oye, ¿sabes qué?» Gordon pregunta, emocionado. «¿Por qué no venís todos a mi casa mañana para el brunch?» besa a Pamela en la mejilla. «¡Es sábado y podré ofreceros comida en casa de mis padres!»

«¡Dios mío! Gordon, ¿voy a conocer a tus padres?» Pamela chilla.

«Sí, por qué no. Si están por allí, lo harás».

En ese momento James entra en el comedor.

«¿Qué es eso, Pamela?»

«Gordon nos ha invitado a almorzar mañana en casa de sus padres. Viven en Riviera Drive, en Laguna Beach, con vistas al mar».

*¡Vaya! Esa es una de las zonas más ricas del sur de California.*

«¿Ah, sí?» James hace una nota mental, estoy segura. Supongo que Pamela eligió bien. «Eso es genial», me mira. «No tienes planes para mañana por la mañana, ¿verdad, Eva?».

Todos me miran ahora y, joder, supongo que no tengo elección.

«Um… no, no tengo».

«¡Entonces hay trato!» James sonríe.

## Punto de vista de James Knight.

La luz de la puerta principal desaparece mientras nos alejamos en la oscuridad de la noche.

«¿Has pasado buena noche, Eva?»

«Sí, gracias». Su vocecita me hace debilitarme cada vez.

«Escuché algunas partes de vuestra conversación mientras estaba en la cocina. ¿Gordon dijo que te conocía?» *¿Qué demonios pasa con eso?*

«Sí, pero creo que me ha confundido con otra persona. Yo le habría recordado».

«Bueno, digámoslo así, me alegro de que vayamos a su casa mañana. Si va a salir con mi hermanita necesito saber quién es». Está en mi naturaleza ser sobreprotector, especialmente con mi hermana pequeña.

«No le des tanta importancia, James. Están enamorados, eso es lo que importa».

«Sí... conozco muy bien ese sentimiento».

Asiento y sigo conduciendo, intentando ignorar las pulsaciones en mis vaqueros. Eva me ha estado volviendo loco toda la noche. No puedo esperar a que lleguemos a mi apartamento y follemos. La miro y mis ojos se detienen en sus labios carnosos... bajando lentamente hasta sus pechos. No creo que llegue a mi casa. Al ver que mis ojos recorren su cuerpo, ella se lame los labios deliciosamente y veo que sus pechos suben más. ¡Joder! Ella sabe lo que estoy pensando. ¡Y esa es mi luz verde! Me acerco, separando lentamente sus rodillas y mientras mis dedos buscan su sedosa feminidad, mi corazón se acelera de inmediato.

«James, nosotros… no… oh…» sus palabras se desvían y su cabeza se echa hacia atrás mientras mis dedos se mueven profundamente dentro de ella.

«Toda la puta noche he querido tocarte. No voy a esperar ni un puto segundo más». gruño.

Sus rodillas se abren más voluntariamente mientras intenta abrirse a mis caricias. La tela de su vestido se sube, dándole una mirada de placer lascivo en el asiento delantero de mi coche y, con la misma rapidez, saco mis dedos de ella y lamo sus fluidos.

«Te deseo, James…» haciéndome saber en un suspiro que ha cedido a la tentación y que está ahí, al límite.

«Muéstrame cuánto», digo y agacho la mano; abriéndome la bragueta, mi polla dura brota de entre la cremallera. Ella me mira voluntariamente y cuando busco su cara, mi mano roza su mejilla y ella ladea la cabeza. La veo prepararse, lamerse los labios mientras mis dedos se enroscan en su precioso pelo y la atraigo inexorablemente hacia mí. Ella besa mi polla, dándole un lento y húmedo lametón y yo aflojo el acelerador, reduciendo la velocidad. La carretera parece oscura y desierta, pero nunca se puede estar demasiado seguro, así que encuentro un lugar abandonado y me detengo. Tengo la mano en su cabeza y siento cómo toma lentamente cada centímetro de mí, utilizando su lengua y haciéndola girar bajo la punta.

Poco a poco voy cogiendo velocidad, sacudiendo su cabeza arriba y abajo con mi agarre firme en su pelo y… siento el fondo de su garganta. ¡Joder! Incluso cuando creo que tengo el control, ella me hace temblar y gruño. Dios mío, esta mujer sabe cómo complacerme. Estoy tan cerca de llenar su hábil boca con mi semen. ¡Joder!

Tiro de su cabeza hacia atrás y miro su hermoso rostro. Un hilillo de baba y líquido preseminal nos une como una hebra solitaria de seda y no puedo esperar más. Tiro de ella a través de la palanca de cambios y salgo por la puerta, directo a mis brazos. Mi mano le sube el vestido de un tirón y con un solo movimiento salvaje le arranco las bragas por la entrepierna.

«Agárrate a mí», gruño.

Ella se aferra a mí mientras la empujo contra el coche. Saco un envoltorio del bolsillo, lo rasgo con los dientes y enrollo el preservativo en mi polla. Mi miembro, aún expuesto, sobresale de mis pantalones y lo guío hasta el centro de sus bragas y luego más allá, hasta su empapado coño.

«Ahh… Joder, Eva, estás tan mojada…».

Mi boca encuentra la suya y mientras empiezo a castigar su cuerpo con mis embestidas, empiezo a besarla por todas partes. Oigo su respiración entrecortada y sus gemidos apagados mientras su cuerpo queda inmovilizado contra el coche. Ella se retuerce a mi alrededor, siento que me lleva al borde de mi propia explosión y no puedo aguantar más, me desintegro, empujando, mi semen llenando cada grieta de sus entrañas.

«Joder… ¡Eva!»

Mientras expulso mi semen a chorros, siento las ondas orgásmicas aplastando su cuerpo, convulsionándose sobre mí, uniéndonos en la oscuridad, aliando nuestros fluidos corporales y todo lo que tenemos…

~

El viaje de vuelta a casa es tranquilo. Ella se agarra a mi brazo y parece desvanecerse en el sueño mientras los kilómetros pasan mucho más despacio al respetar los límites de velocidad. Mi mente se agita, pero mis pensamientos son claros.

No permitiré que nada arruine lo que tenemos.

## **Punto de vista de Eva Roberts.**

Es temprano por la mañana cuando abro los ojos y lo primero de lo que soy consciente es de nuestros cuerpos desnudos, nuestros brazos, anudados, ambos aferrados al otro.

«Tus pestañas revolotean sobre mi pecho». La voz ronca de James funde la realidad con mi estado soñoliento. «¿Estás bien?»

Levanto la vista hacia él pero sus ojos siguen cerrados y tiene una sonrisa de satisfacción en la cara.

«Sólo contemplo las vistas».

Aprieta con fuerza su agarre alrededor de mi cuerpo y levanta la cabeza somnolienta, sus oscuros charcos fijan los míos en su sitio. «Deberías dejar de hacer eso y dormir». Empuja su rodilla entre mis piernas y mueve su muslo hacia dentro. «A menos que...»

El sonido del timbre nos sorprende a los dos y nos miramos.

Veo la hora en la mesilla de noche. «¿Las nueve de la mañana del sábado?»

«No tengo ni idea de quién es».
Lentamente, desenreda nuestros brazos y se levanta de la cama, buscando sus pantalones y su camiseta. Tras encontrarlos en el suelo, se viste y sale de la habitación. «¡Ya voy!», grita.

Oigo abrirse la puerta principal, a James hablando con alguien, luego la puerta vuelve a cerrarse. Y silencio.

«¿James? ¿Quién era?» En un momento le veo entrar en el dormitorio, mirando una carta que sostiene en la mano.

«¿Qué pasa?»

«Una carta de entrega especial». Me mira con fatalidad. «Es del hospital».

Mi corazón empieza a bombear adrenalina en cuestión de segundos. Lentamente, respiro hondo e intento actuar como si no pasara nada pero, en el fondo, sé que esto me afecta mucho más de lo que creo…

«¿La prueba de paternidad?»

«Sí». Se sienta en la cama, mirando fijamente el sobre.

«James», le pongo la mano en el hombro, «diga lo que diga ahí, está bien».

No responde. Nos sentamos en silencio un momento antes de que se decida y, con una resolución recién encontrada, abre el sobre, saca la carta y empieza a leerla.

Observo su rostro en busca de un indicio de lo que dice pero él mantiene su mirada impasible durante un rato. Y entonces, veo que su pecho se levanta lentamente; está intentando calmarse y cierra los ojos con fuerza, frunciendo el ceño.

«¡Lo sabía, joder! El bebé no es mío!»

Me rodea con los brazos y me besa con tanta fuerza que los dos caemos de espaldas sobre la cama.

«¿Sabes lo que esto significa, Eva?»

«¿Qué?»

«La maldita zorra se folló a otro mientras estaba conmigo, así que tengo que comprobarlo cuanto antes».

«Pero una vez que lo haga», murmura sobre mis labios. «¡Voy a empezar a hacer bebés contigo!», me pellizca el labio inferior. «¿Crees que estás preparada para ello?»

«¿Bebés?» Me zafo de debajo de él y grito mientras salgo corriendo: «¡Hoy no! Tenemos que ir a casa de Gordon a desayunar, ¿recuerdas? Y si no vamos ahora, llegaremos tarde». Le miro de lejos, sonriendo. «Además, ¡tendrás que atraparme primero!».

~

Laguna Beach... vaya.

La casa de Gordon es como la de las películas. De camino hacia aquí, una vez que entramos en los muros de la propiedad, conducimos al menos un kilómetro y medio a través de un paisaje exuberante y pasamos junto a una pista deportiva antes de llegar a su casa. Tratando de impresionar tanto a James como a Pamela nos conduce a través de la entrada principal para que podamos ver la riqueza y el dinero que sus padres invirtieron en su casa. Me preocuparía si todo esto perteneciera ya a un hombre tan joven, pero aparentemente aún no; como heredero único, sin más hermanos, con el tiempo sucederá.

Desde casi todas las ventanas vemos vistas al mar. En la parte de atrás, en el espacio abierto de la sala de estar está el solárium, pero nos llevó más lejos, a la playa, por su propio muelle privado, a sólo unos pasos de la terraza. Un verdadero paraíso. Y por supuesto, aquí es donde desayunamos.

Sus padres no están pero hay personal suficiente para atender a veinte huéspedes, así que supongo que realmente es el novio millonario con el que sueña toda jovencita.

«¿No vas a comerte ese último trozo de tortita, James?». pregunta Gordon inquisitivamente, pero James se limita a apartarle el plato. Llevamos aquí casi dos horas, desayunando y, a medida que pasaba el tiempo, James se volvía callado, reservado. Ahora, ha dejado de hablar por completo.

Me he dado cuenta. No estoy segura de si Pamela también lo hizo, pero sólo espero que Gordon no. Sería muy incómodo saber que uno de sus invitados está construyendo un muro de silencio en su propia casa. Sobre todo cuando es tan buen anfitrión; realmente intentó que nos sintiéramos como en casa.

«James, creo que es hora de irnos. El baile de máscaras es hoy y tengo que prepararme». Intento aligerar la situación. Hay cierta presión acumulándose en su interior y ciertamente puedo sentirla.

«¿Ya, Eva?» Gordon se inclina hacia delante y me toca suavemente la parte superior del brazo, más como un gesto amable que otra cosa, pero hace que James se estremezca y se incline ligeramente hacia mí, como intentando salvarme de lo que sea.

Debo admitir que la insistencia de Gordon en que me conoce tampoco ayudó. ¿Por qué demonios insistiría en saber tanto sobre mí cuando Pamela estaba sentada allí mismo? Es como si yo fuera más interesante para él que su novia. «Sólo intento recordar», dice. A ella no le importaba, estaba con su teléfono todo el tiempo; de vez en cuando se besaban pero estaba claro que la atención de Gordon estaba puesta en mí. Haciendo todas las preguntas posibles mientras James estaba como un halcón, observando. Una cosa sé, NO era una buena sensación.

«Sí, Gordon, creo que es la hora. Gracias por el encantador desayuno. De nuevo, tu casa es increíble». Retrocedo lo suficiente para que pueda soltarme y sonríe amablemente mientras lo hace.

«Dios mío, Eva, uno de estos días me acordaré, tengo la memoria de un elefante ya sabes, y cuando lo haga, yo...»

«¡Creo que es suficiente, Gordon!» James le corta, poniéndose de pie con frustración. «¡Si ella dice que no te conoce, creo que deberías respetarlo!»

«James, está bien». Le cojo la mano y se la estrecho con fuerza, intentando apaciguar su arrebato.

«¡No, no está bien!» mira a Gordon. «Lleva hablando de ello toda la mañana. Creo que debería dejarlo».

«Yo… lo siento mucho, James. No sabía que era tan pesado». Gordon está mortificado. «Por favor, Eva», se vuelve hacia mí y se pone la palma de la mano en el pecho, inclinándose ligeramente, «espero que aceptes mis más sinceras disculpas. Yo… no sabía que te molestaba…» con cara de vergüenza y color rojo carmesí, siento un poco de lástima por él.

«Está bien, Gordon, está bien, de verdad». Aprieto la mano de James, indicándole con ella que no se mueva. «Deberíamos irnos a casa, de todas formas».

«¿Qué está pasando aquí?» fuera del aturdimiento de internet Pamela se une a la conversación. Debería haberlo sabido; a su edad, probablemente estaba haciendo un comentario completo sobre la casa de Gordon a sus amigas.

«Nos vamos a casa, Pamela. ¿Te quedas o vienes con nosotros?» le pregunta bruscamente James.

«Me quedo», responde ella fríamente y hunde aún más la cabeza en su teléfono.

El camino de vuelta a la puerta principal es incómodamente silencioso. Avanzamos arrastrando los pies por la gran casa y por fin llegamos a la entrada cuando, al abrir Gordon la puerta, una pareja mayor está de pie, a punto de entrar.

«¡Mamá! ¡Papá! Me alegro tanto de que hayáis vuelto». Gordon parece aliviado. «Justo a tiempo para conocer a mis amigos».

«¿Amigos?» su madre nos mira interrogante. «Creía que hoy habías invitado a tu nueva novia a desayunar. ¿Es ella?» me mira de arriba abajo y siento la mano de James rodeando mi cintura, mostrando claramente a quién pertenezco.

«Um… no». Gordon sonríe torpemente. «Pamela sigue en la mesa, desayunando. Esta es Eva, y James. Es el hermano de Pamela.» acentúa la palabra hermano y creo que es porque James está en las noticias toda esta semana. «Esta es mi madre, María, y, justo detrás de ella está mi padre, Olivier».

«Encantada de conocerte, cariño». Su madre me estrecha rápidamente la mano y luego la de James y le da un fuerte abrazo a Gordon. Aparto la mirada de ellos y ahora tengo a Olivier, el padre de Gordon, de pie justo delante de mí.

«*¡Olivier!* ¡Dios mío! ¡No me lo puedo creer!» Oigo la voz sorprendida y muy alta de James. Al instante retira su mano de detrás de mí mientras abraza al padre de Gordon.

«¡James Knight! ¡Maldito hijo de puta!» exclama Olivier con la misma fuerza. «¡Hace años que no te veo!»

Se dan un abrazo de hombres y luego se mantienen a distancia, mirándose a los ojos.

«¿Cómo estás, tío? ¡He oído que has estado metido en un buen lío últimamente! ¿Va todo bien?»

«Sí, no te creas todo lo que oyes, Olivier. Estoy bien. De hecho, ¡estoy genial!» se vuelve hacia mí, acercándome. «Esta es Eva, mi chica», sonríe.

«Eva». Los ojos de Olivier se clavan en los míos. «¡Qué nombre tan bonito! Encantado de conocerte, pequeña». dice Olivier en voz baja y dominante.

«Uh-uh, es MI pequeña, Olivier», le reprende James juguetonamente.

*¡Que me jodan!* No entiendo nada de lo que está pasando aquí.

«Encantado de conocerte, Olivier». Me vuelvo hacia James: «¿Os conocéis?».

«Papá, ¿nunca dijiste que conocías a James Knight?». Gordon da un paso adelante y se une a nuestra conversación, dejando a su madre frunciendo el ceño con la cabeza ladeada y desconcertada, también, ante esta nueva revelación.

«Bueno, nosotros… trabajamos juntos en un proyecto hace un tiempo», dice Olivier y, cambiando rápidamente de tema, continúa: «¿Y tú, Gordon, estás saliendo con su hermana? ¡Bien por ti, hijo! ¡Bien por ti!», palmea la espalda de su hijo.

«Vamos, quiero que la conozcas». Gordon sonríe, orgulloso de su logro. «James, por qué no te quedas un rato más, seguro que tienes mucho de qué hablar con mi padre».

«Sí, James, quédate. Me encantaría saber qué te traes entre manos», reitera Olivier la invitación.

«No podemos. Tenemos que irnos. En otra ocasión, ¡definitivamente! Ahora sé dónde vives, viejo cabrón».

«¡Sí, probablemente me mudaré para cuando vuelvas!»

James y Olivier se dan la mano de nuevo y se palmean el hombro cariñosamente y nos vamos, la puerta se cerró tras nosotros.

«¿De qué le conoces?» digo una vez que hemos salido de la casa.

«Es uno de los mejores Dominantes de Los Ángeles. Me enseñó a serlo. Me enseñó todo lo que hay que saber. Aunque no sabía que tenía un hijo. Nunca lo había mencionado. De todos modos, confío en ese hombre con mi vida», dice, «a su hijo, en cambio, no. Venga, vamos a llevarte a casa».

## Punto de vista de James Knight.

«NO voy» - mi aliento es como fuego mientras mis puños golpean el saco de boxeo - «¡a PERDERLA!» mi corazón se acelera y aunque sé que tendré que prepararme pronto, tengo que poner mi ira y … ¿qué es? ¿Miedo? … a un uso productivo.

Arrancándome los guantes de las manos cojo mi móvil. El nombre de Anthony, siempre cerca del primero de mi lista de llamadas recientes, se ilumina en mi pantalla cuando mi dedo lo pulsa para hacer una llamada.

«Sr. Knight».

«¡Encuéntreme todo lo que pueda sobre Gordon Bachman! Quiero saberlo todo, desde el momento en que su padre se empalmó con su madre hasta lo que ha hecho esta tarde después de salir de su casa».

Puedo oír a Anthony tomando notas y luego una pausa. «James, este es el hijo de Olivier Bachman, ¿verdad? ¿Y si...?»

«¡MALDITA SEA ANTHONY!» Me enfurezco con él. Mi mecanismo interior para contenerme parece totalmente roto en este momento. No soporto la idea de que nadie sea un obstáculo entre yo y las respuestas que debo tener. «Consigue todos los antecedentes que puedas sobre Gordon y llámame en cuanto tengas algo. ¡¿Queda entendido?!» Le ladro.

«Sí, señor», dice con una nítida formalidad que transmite con toda claridad lo importante que es esto para mí. Puede que no sepa por qué, pero confío en que Anthony actúe como si su vida dependiera de ello.

«Y otra cosa, dile a Sullivan que presente una demanda contra la señorita Ella Robbers. Si no acepta mudarse a otro estado en un día, ¡dile que se pudrirá en la cárcel el resto de su vida! ¡No quiero verla ni oír hablar de ella nunca más! ¡Asegúrate de que le quede claro! Esa mentirosa va a pagar por el dolor que me ha causado».

Cuelgo el teléfono y casi lo arrojo al otro lado de la habitación, deteniéndome sólo cuando mi brazo tira hacia atrás para lanzarlo. En lugar de eso lo dejo sobre la encimera y miro el reloj. Bien, tengo tiempo para ducharme y cambiarme.

El agua caliente ayuda a relajar mis músculos y le da a mi mente tiempo y aislamiento del mundo lo suficiente como para permitirme preguntarme por qué tengo que saber esto. ¿Por qué mi ira ante la idea de perder a Eva es tan incontrolable? Esto no es propio de mí. Normalmente soy tan distante que la gente entra y sale de mi vida sin ningún remordimiento.

Sin embargo, con Eva, no puedo soportar la idea de perderla. Con la cabeza bajo el chorro de la ducha, me golpea como uno de los puñetazos que acababa de soltar en el saco pesado: me he enamorado de ella. Demasiado profundamente.

Mi traje para la noche está tendido, pero en lugar de ponérmelo demasiado rápido, dejo caer la toalla y dejo que el aire seque mi piel. Pasear desnudo por mi propia casa no es una expresión privada de contracultura, deja que mis sentidos respiren y acepten la luz y el aire de los que normalmente están privados.

Saco una botella de agua de la nevera y vuelvo a mirar el reloj. Han pasado casi dos horas desde que llamé a Anthony y todavía nada. Me dirijo a la cama donde está tendido mi traje y empiezo a ponerme el cuero negro sobre la piel. Los pantalones de cuero se deslizan y tengo que tirar y ajustar mi hombría antes de cerrar la cremallera. Cubro mi pecho desnudo con una camiseta blanca, y sobre ella me pongo mi chaqueta corta de cuero con tachuelas de acero brillante alrededor del cuello.

Mis botas de cuero negro están junto a la puerta y me doy cuenta de que es hora de ponérmelas. Al sentarme, mi teléfono móvil empieza a sonar por toda la habitación. Tirando las botas a un lado lo cojo y mi pecho se aprieta cuando veo el nombre de Anthony en la pantalla.

«Tengo algo, señor», dice.

«Dime», es todo lo que tengo de paciencia para decir.

«He encontrado algo en el historial de Gordon. En lo más profundo de los archivos médicos de su infancia hay algunas discrepancias. Su partida de nacimiento fue expedida en México, supuestamente nació cuando sus padres viajaban por Sudamérica. Pero no había documentos de que hubiera cruzado la frontera cuando era un bebé ni de que hubiera recibido las vacunas estándar que le habrían puesto si hubiera nacido en el extranjero.»

«¿Entonces crees que es falsificado? ¿No es realmente el hijo de Olivier?» pregunto, intentando procesarlo todo.

«Bueno, su historial médico es casi inexistente antes de los 4 años, cuando lo llevaron al hospital con una anemia grave», responde Anthony tan rápido como puede. «Su bazo estaba muy agrandado y se rompió, comprometiendo su sistema inmunológico de forma importante. Necesitó trasplantes de médula ósea y transfusiones de sangre de urgencia o, de lo contrario, habría muerto. Lo interesante es que los padres no eran donantes adecuados y recurrieron a un tipo de la calle que resultó ser perfectamente compatible.»

«Pero el hospital habría tenido que conseguir la información del donante. ¿Quién demonios era ese tipo que apareció tan mágicamente y era perfectamente compatible?» pregunto, empezando a sentir que esto me está llevando a una madriguera de conejo.

«Por supuesto que sus datos eran falsos, pero el hospital había guardado muestras de la sangre y la médula que se utilizaron para salvar la vida del chico. Llamé al hospital y conseguí una muestra de ADN de eso».

La línea se quedó en silencio un momento. Me doy cuenta de que Anthony duda si decirme algo. «¡Escúpelo Anthony, joder!»

«Cotejé la muestra de ADN con la base de datos criminal nacional y encontré el nombre real y los antecedentes del donante. Resulta que el donante ticnc antccedentes. Pero lo más importante es que el hospital confirmó que el donante era el verdadero padre de Gordon». Anthony hizo una pausa, dejando que asimilara todo esto.

«Y hay una cosa más, señor. Había una licencia de matrimonio muy peculiar expedida a nombre de nuestro donante a una mujer con el antiguo apellido de Roberts, Mary Elizabeth».

«Joder», es todo lo que puedo decir. Los tambores de mi cabeza han dejado de moverse y puedo ver las conexiones perfectamente claras. «Buen trabajo, Anthony», digo y cuelgo.

## Punto de vista de Eva Roberts.

Sabía que el disfraz que compré hace tiempo sería bueno para el baile de máscaras. Una cosa que no recordé es que he engordado un poco, de modo que ahora no puedo ponérmelo. Estoy luchando durante una hora y sé que James llegará en cualquier momento. Si no me doy prisa no llegaré a tiempo.

Me miro en el espejo; la mitad de mi cuerpo está dentro de los pantalones extremadamente ajustados del traje de gato y la otra mitad está fuera, con el aspecto de una masa desbordante de grasa. Huh, no tengo nada de grasa pero llevando este traje, empiezo a dudarlo. Uf.

El sonido del timbre me despierta de la lucha y grito sin querer.

«¡No estoy lista!» Quería que James me viera vestida pero ahora es él quien tiene que ayudarme a ponerme el disfraz. Corro hacia la puerta y asomándome por detrás, la abro.

«¡Entra, aún no estoy lista!» Me detengo de repente, boquiabierta ante el hombre vestido de cuero que está delante de mi puerta, con aspecto de músico duro.

«¿Llevas puesto tu disfraz, Eva? Déjame verlo». No se da cuenta de que estoy mirando sus pantalones de cuero ajustados y su chaqueta corta de cuero punk con tachuelas por todo el cuello.

«¡Estás... estás genial!» digo embelesada. Parece una auténtica estrella del rock.

Cierro la puerta y me tapo los pechos, mostrándole hasta dónde he llegado.

«No puedo meterme en él», le digo abatida.

Me mira a mí, a mis ajustados pantalones de pvc y al resto del disfraz que cuelga suelto de cintura para abajo.

«¿Qué pasa?», sonríe. Parece un mundo aparte de esta mañana. Un hombre cambiado. Un hombre feliz.

«Es un traje de gato. Realmente no creo que me quede bien. Es demasiado ajustado».

«Es como se supone que debe quedar. Deja que te ayude».

Se quita la chaqueta, revelando una camiseta blanca ajustada y muy brillante, y se arrodilla a mi lado. Luchando con el traje de pvc, igual que yo, sube una pierna y luego la otra y lentamente veo que algo sale de él. Ahora de pie, me ayuda a ponerme la manga y luego la otra.

«Aquí…y esto…»

Él incluye la capucha de gato y arregla algunas otras partes alrededor de mi cuerpo. Su tacto es todo pluma; a través del pvc se siente jodidamente sensual y creo que mis pezones con puntitos se pueden ver a través de él. O quizá no.

«Ya está».

Finalmente, me sube la cremallera por detrás, apretándome todo el traje y, mientras me enderezo, da un paso atrás para admirar mi cuerpo.

«Vaya. Mírate. Una mujer gato. MI mujer gato».

Sonrío, lamiéndome sensualmente los labios, y estirando la mano hacia atrás, me cojo seductoramente la cola, y luego, me lamo el dorso de la otra mano, como haría un gato.

Su respiración se entrecorta y trata de fijar su abultada polla en los pantalones extremadamente ajustados.

«No puedo permitirme tener una erección esta noche… joder, no pensé en el factor «tú» cuando elegí mi disfraz».

Sonrío, satisfecha.

«En realidad, eso es completamente incorrecto, estuviste en mi mente cada segundo cuando estaba comprando esto y poniéndome en ello pero lo que quiero ver ahora es a ti enseñándome tu disfraz correctamente…. de rodillas… arrastrándote».

«Um… ¿qué?»

«No elegiste este disfraz por nada», afirma seriamente, mirándome. «Tú, Eva, eres un gato. Gatea para mí, gatita».

Me mira directamente a los ojos y me baja con ellos, inclinando suavemente la cabeza hacia abajo y llevándose todo mi cuerpo con él. Nunca me deja perder el contacto visual.

«Ahí tienes… mi niña buena». Se arrodilla a mi lado. «Tengo una gran sorpresa para ti esta noche», me acaricia la cabeza. «Sé mi gatita buena toda la noche y la tendrás. Todo. No pienso guardarme nada», sonríe.

Le miro, deseosa, y ya estoy pisando el mojado suelo . Apuesto por el sexo… tanto sexo, que no puedo esperar. Joder, las mariposas que revolotean por mi espina dorsal están corrompidas. Estoy excitada hasta el punto de no retorno.

Me agarra la mandíbula con la mano y tira de mí hacia él.

«No puedo esperar a hacerte mía».

Y, sin más, despierto del sueño. Quiero ser suya, de verdad, pero pertenezco a mi hermano. *Nunca* pasaré de su recuerdo por el bien de mi felicidad. Nunca pensé que me encontraría en esta situación; yo, anhelando ser feliz para siempre con alguien. *¿Estaba nuestra felicidad condenada desde el principio?* Debería haberlo sabido.

«Ven. De pie. No lleguemos tarde».

Me levanto, cojo mis botas de pvc hasta la rodilla y me las pongo. Miro a James obedientemente y le cojo la mano. Hoy tiene una chispa especial en los ojos. Es porque me va a enseñar al mundo. Quizá debería decírselo ahora, antes de que sea demasiado tarde. Antes de que mi cara esté en todas las noticias.

Entramos en su coche y nos alejamos en silencio. Su dominio no hace más que reafirmarse, pero necesito hablar. Estoy en una confusión que va a durar hasta que lo permita.

«James».

«¿Sí, Eva?» está mirando a la carretera, irradiando confianza con el tono de su voz.

«Yo… no creo que pueda ser tuya nunca».

Sorprendido, me mira y frena. «¿Perdón?»

«Por favor, compréndelo...»

«¿Hay alguien más?» sus afiladas palabras duelen.

«¡No..no!»

«Entonces *puedes* ser mía», concluye inquietante.

«Yo... ya estoy cogida».

«¡Joder!», jura en voz baja. «No me digas que ya estás casada...» me mira con desconfianza y sus últimas palabras muestran su verdadera ansiedad. «¿Lo estás?»

«No estoy casada. Es sólo que... James, "estoy tomada" es la única forma en que puedo describir lo que siento. Lo que soy. Tomada para siempre. Mi corazón no puede amarte completamente porque... bueno, es porque falta una pieza. Nunca traicionaré la memoria de mi hermano...» mi voz flaquea y no puedo contener más mis lágrimas, ahora corren por mi máscara de gato y me la quito, ya que me molesta de todos modos. No tengo intención de mostrar mi cara al mundo con él. No pretendo hacer nada con él.

«¡Oh, Eva!», suspira.

*¿Eso es todo lo que tiene que decir?* No parece tener el corazón roto… joder, esto va a ser mucho más duro para mí. Alarga la mano y me la coge y yo le miro, con el corazón apretado, las lágrimas corriéndome por las mejillas, arrancándome sollozos silenciosos.

«¿Y si… y si encontramos a tu hermano?» *¿De verdad? ¿Va por ese camino?*

«¡Para, para ahí mismo!» Rompo a través de mis lágrimas. «¡No me hagas pensar que eres tan egoísta, por favor! Quiero mantenerte en mi memoria como el hombre perfecto… no… por favor…» Ya no puedo controlar mi voz temblorosa y empiezo a berrear más fuerte. *¿Quién es él para pensar que me mantendrá por si encuentra a mi hermano?*

«Eva… Cálmate. No pasa nada». Sorprendido por mi arrebato intenta calmarme.

«*¡No* está bien!» Grito y lloro al mismo tiempo. «¡No vas a utilizarlo para que me quede! ¿Me oyes?»

Viendo que hemos llegado a la villa donde está el baile, James conduce hasta la entrada trasera y se detiene. Saliendo apresuradamente del coche viene a mi lado e intenta sacarme pero me niego a moverme. No iré a ninguna parte. Ya está.

«Sécate las lágrimas, Eva, por favor».

«No lo haré. Son mías. Son mi hermano».
Le miro y empiezo a sollozar de nuevo. «Lo siento,
James, lo siento mucho… ¿no lo ves? ¿No ves lo
jodida que estoy? ¿Por qué me quieres? Sólo vete…
por favor…»

Mira hacia otro lado, se da la vuelta y… ¿Se
irá? *¿Me romperá el corazón como le dije?*

«Eva, lo que quería decirte…»

No tiene el valor de marcharse. Supongo
que soy la más fuerte después de todo.

«¡Entonces me iré si tú no quieres!» Salgo
del coche, alejándome de todo cuando, justo
delante de mí veo a Gordon, de pie con lágrimas en
los ojos. Intenta decir algo pero no oigo nada. *¿Qué
está haciendo aquí?*

«Lo sé… lo recuerdo…», dice con la boca.

Me limpio las lágrimas de los ojos, necesito
ver con claridad lo que está pasando y vuelvo a
mirar a James… luego a Pamela, de pie, muy atrás…
y mis ojos se posan de nuevo en Gordon. Es inútil,
mis lágrimas vuelven a nublarme la vista y sigo
mirándole, y, es como si una ola tras otra se
abatiera sobre mí. La ansiedad está aquí, la que
siempre siento cuando recuerdo a mi hermano y,

¿es posible? Veo, en el borrón que es Gordon ahora mismo, un rostro…un rostro joven…el rostro de Johnny…y …como un rayo caído del cielo me caigo pero no llego al suelo, los brazos de alguien me atrapan y yo…tengo los brazos estirados hacia delante…no quiero perderle…la imagen de Johnny…pero no puede ser…

«Es él», me susurra James al oído y me vuelvo hacia él…y de nuevo hacia Johnny… Gordon… ahora caído de rodillas, llorando.

«No…» Es lo que estaba esperando oír durante los últimos veinte años y ahora, al hacerlo me duele aún más. No puede ser… ¿verdad?

«Es él, Eva, tu hermano. Le he encontrado».

James me ayuda a levantarme y camino hacia Gordon… Johnny… y me arrodillo junto a él. Todavía llorando, trazo suavemente el contorno de su cara y lo veo más hundido mientras me observa atentamente, perdido, con la cara desfigurada por el llanto… llorando como un niño pequeño, llorando igual que la última vez que lo vi. Esa imagen siempre permanecerá conmigo y… esa misma imagen, ese rostro está aquí, frente a mí.

«Ohhh… ¡Johnny!»

Le abrazo, sollozando incontroladamente en sus brazos durante un momento y luego me retiro, mirándole.

«¿Te acuerdas de mí?» le susurro.

«Sí…», asiente. «Lo recuerdo todo… tu cara, tus ojos, estuvieron en mis sueños toda mi vida, atormentándome. Cuando te vi ayer… eras tú. TÚ. No sabía por qué… hasta que James me llamó».

Me vuelvo hacia James y veo que le brillan los ojos; ha abrazado a Pamela, que también está lloriqueando sobre su hombro, mirándonos.

«Tengo que entrar y abrir la puerta», dice y se acerca, besándome la cabeza. «Tómate todo el tiempo que necesites».

Asiento, y cuando veo que se aleja se vuelve hacia mí, colocando la palma de la mano en su pecho, sobre el corazón.

«Mío», dice con la boca.

«Tuyo», le susurro.

# EPÍLOGO

## Punto de vista de Eva Roberts.

En los últimos tres meses he estado viviendo en un sueño. Tengo a mi hermano, a mi lado. Todavía me queda mucho por aprender sobre él. Es como encontrarte con tu mejor amigo después de dieciocho años y quieres ponerte al día. Quieres entender su vida.

Nunca pensé que diría esto, pero por primera vez en mi vida creo que es bueno que mi padre esté muerto. Aún no puedo creer lo que le hizo a su propio hijo. Le habrían procesado si estuviera vivo aunque probablemente yo le habría matado. Mi madre estuvo en estado de shock durante semanas. Pasó la mayor parte del tiempo en el hospital. No creían que sobreviviera pero Gordon la ayudó. Le hablaba, le cantaba, todas las cosas que recordaba que ella había hecho por él, él las hacía por ella. Ayudado por viejas fotografías, todas las piezas del rompecabezas conectaron. Para los dos.

Yo tampoco pude dejar de llorar durante meses. Cada vez que le veía era como recordar mi tiempo sin él, sola. Y me dolía. Aún lo hace. Sé que a él también le duele, aunque no lo dice. Sus padres, los que lo criaron, fueron interrogados por la policía durante días. Condenados por todos, ambos acabaron en el hospital, igual que mi madre. Se trataba de la vida de un niño pequeño, que creció hasta convertirse en el hombre más maravilloso, y todo gracias a las personas que lo criaron. ¿Su único fallo? Nunca le dijeron que era adoptado. Le querían demasiado. Sin hijos durante años, pensaron que la adopción era la solución. Siguiendo los canales adecuados, todo lo que hicieron fue legal. El papeleo era correcto. Incluso la policía estaba desconcertada de cómo mi padre se las arregló para proporcionar eso.

«Sé que estás despierta». Oigo la voz áspera de James, despertándome de mis cavilaciones. «¿Crees que ya estás embarazada?»

«No seas tonto, hacen falta meses para eso». Bostezo. «Y mucha, mucha práctica».

«¿Puedes ir a mear en el test, por favor? Sé que esta vez estás embarazada».

«Mmm… déjame en paz. Estoy cansada. Necesito dormir».

«Por favor, Eva. Por mí». Es tan impaciente. Debería aprender que las cosas no siempre suceden como y cuando él quiere.

De mala gana, me levanto y me dirijo al baño, necesitaba ir al baño de todos modos. Medio despierta, hago mis necesidades y tras haber orinado en el palo del embarazo salgo de él y se lo doy. Estoy demasiado cansada para esperar los pocos minutos que faltan para ver el resultado. Además, no puedo estar embarazada tan pronto. La gente lo intenta durante años antes de estarlo de verdad.

Me tumbo de lado y, en un minuto, siento a James, acurrucado detrás de mí, rodeándome con sus manos en un gesto de «lo siento mucho».

«Te lo dije», le digo, algo molesta.

«¿Que me dijiste qué? ¿Que serás mamá en nueve meses? No, ¡no me lo dijiste!»

«¿Lo soy?» Me giro hacia él, puedo sentir cómo me brillan los ojos; me odio por desear esto tanto.

«¡Oh Eva, vas a ser una madre maravillosa! ¡Te quiero, cariño! Y sí, ¡estás embarazada!»

The End

## SOBRE LA AUTORA

Alexandra vive en Epsom, Surrey, con su marido, sus dos hijos y un precioso cachorro. Le encanta beber champán y, por supuesto, escribir.

Es conocida por su afición a los coches rápidos y a los tacones altos, de los que tiene demasiados pares. Corrijo, ¡nunca se tienen demasiados pares de tacones altos!

Cuando no está pegada a su fiel portátil creando magia, puede encontrarla en cualquiera de las plataformas de las redes sociales.

www.alexandraiff.com

www.ingramcontent.com/pod-product-compliance
Lightning Source LLC
Chambersburg PA
CBHW072043190726
48294CB00005B/1376